もくじ

大学院入試回想記

一　一次試験

僕は勉強したいから大学院を受験することにした。けれど、勉強はできない方だったから、学力で入学試験に勝つ自信はなかった。そこで、文章を書く楽しさを追いかけてみたいという数年来の思いを武器に試験問題と闘うつもりでいた。

大学院入学試験の開始を告げるチャイムが鳴り響いた。

一次試験は、専門科目と外国語の二科目だ。手始めの専門科目に一問、毎年必ず出る問題がある。「あなたは、どのような研究を計画しているか。四百字以内で記述せよ」というのがそれだ。専門科目の試験が始まるとすぐ、その問題が今年もまた出題されていることを確認した。

僕は大学生になって以来愛用してきた万年筆を右手に執ると、ペン先を解答用紙の所定の欄にピタッと当てた。黒インクを十分補充してきた万年筆の先に、頭の中に用意してきた四百字を一字ずつ落ち着いて伝え、マス目の中に刻み込んでゆく。ちなみに、過去の入試問題を調べてきた受験生は、だいたい僕と同じくこの問題から取り組むという話だ。

僕が受験しているのは、大学院文学研究科の中の日本語日本文学専攻。そこにある日本語のゼミの中の福地先生のゼミに入りたい。そこで小説の文章における視点の働きと効果の研究を行いたい。それが僕の宿願である。

日本語日本文学専攻の一次試験を受けに来た受験生は、四十名ほどだったと記憶している。その半分くらいが一次試験に通り、二次試験に残るという。

四百字を書き終えて、ホッと一息。次に取りかかったのは専門用語を解説する問題だった。いくつか並んだ専門用語から「任意に三つを選んで解説せよ」とあった。専門用語が勉強した範囲外から出題されたらアウトだ。二つ書ければまずまずだと思った。幸い何とか、三つ書けた。

そして一番の強敵は、資料解読の問題。主に明治時代の、日本語を論じた文献や紙誌の文章を読み、問いに答える。今年の文章は物集高見《もずめたかみ》著『言文一致』の一節。相手にとって不足はない、と言っておこう。問いは五問だ。時計を見てヒヤリ。残り時間が四十五分を切っている。焦る。焦りをおさえて文章を読む。解答用紙の、書ける所から埋めていく。でもいくら考えても、どうしても書けない所がある。試験時間は残り十分を切った。他の受験生は全部解答できたのだろうか。

「著者物集高見とその時代背景について、要点のみ記せ」

解ける問題から解いていった結果、最後に残ったのがこんな問題だった。それは資料解読問題の第一問だった。最後に取り組むことになったけれど、この問題は専門科目の最初の一問。最初の一問の解答欄を真っ白にしたまま何も書かずに試験を終える受験生など、合格なんかできるものかと思った。

しかしひどく困ったことには、物集高見という人のことを僕は何一つ知らないのだった。知らない人とその時代背景について、書けるはずがないと思った。僕の目に、解答用紙の解答欄の長方形が白い顔をして冷ややかにフンと笑ったように見えた。あともう少しで試験時間のタイムリミットが来る。だけど何も書けない……この日の試験のために、長い月日をずいぶん努力して勉強してきたつもりなのに、合格できないのだろうか。動きの止まった右手の指に万年筆が凍りつく。時が経つ。精一杯積み重ねた努力が水の泡になる……そんな思いが頭をかすめ、気が遠くなりかけた。

だが、それでも試験を諦めなかった僕の両目に、ふと、問題用紙のある部分の活字が、四つと五つ、ピカッと光って飛び込んできた。

「……物集高見著『言文一致』（明治十九年）……」

言文一致。明治十九年。――そうだ！　物集高見については何も知らない。けれども、この人が論じた「言文一致」と、そして「明治十九年」頃の時代についてなら、授業で学んだり本で読んだりして知っていることがある。そこから僕の日本語への関心に関連する事柄を選び取り、それを書こう。問題は「要点のみ記せ」と注文しているから、僕に要点と思える事柄を三つか四つ書こう。そう思った途端、動きの止まっていた万年筆のペン先が猛然と走り始めた。残り時間、五分。

一、国字問題が様々に論じられた。事例としては、漢字廃止論が起こり、ローマ字専用論、仮名専用論、新国字論、漢字制限論などが主張された。関連事項としては『かなのくわい』組織（明治十六年）、『羅馬字会』結成（同十八年）等。

二、言文一致運動が起こり、明治二十年代に本格的な盛り上がりを見せた。その時代、話し言葉と書き言葉に対する人々の関心が高まった。

三、日本語への西欧語の流入が活発だった。たとえば、非情の主語といった欧文脈の表現が日本語の表現の中に定着し始めた。

四、……

僕の万年筆のペン先は解答欄の長方形を文字でいっぱいにすると、欄外に飛び出してさらに走った。試験会場に試験終了のチャイムが鳴った。解答用紙が回収されてゆく。専門科目の試験は終わった。

次の外国語の試験が始まる時刻までの一時間は、昼食の時間だった。僕は、用意してきた弁当を開いて、一人で昼食を取った。秋分の日の昼のひととき、僕は大学院受験生の一人として、穂連《すいれん》大学文学部キャンパス三十一号館二階に設けられた試験会場のすみっこにいた。次の試験にそなえて、腹ごしらえをしっかりとしたはずだが、単語帳でも見ながら食べていたのかもしれない。何を食べたのか、サンドイッチだったのかおにぎりだったのか、覚えていない。ちょっと残念だ。外国語試験の話は省こう。

一次試験には合格できた。二次試験のことを、次に書きたい。

二　二次試験

小さな用紙が一枚、一次試験合格者の一人一人に渡された。

「希望する指導教授の名前と、自分の研究のキーワードを書いてください」

そんな指示が出た。

二次試験が行われるこの日、「日本語日本文学専攻」と記したプレートが置かれたテーブルを囲んで集合した、一次試験を通過した二十名ほどの受験生が、それぞれ希望する指導教授の名前と研究のキーワードを用紙に記す。二次試験は口述試問。つまり、教授と対面してその質問に答える面接試験。この用紙は、何を質問するかを検討するために、教授が見るのだろう。

用紙への記入を進めながら、受験生同士の会話が始まる。緊張をほぐしたいのは誰もが同じだ。「一次試験に合格すれば、合格なんですよね」と、僕に話しかけてきた青年がいた。彼は大学四年生だと言った。僕は「さあ、わかりません」と答えるしかない。「この学生カード、裏は書かなくていいんですか」「表だけでいいって書いてありましたよ」――そんなやりとりが交わされるのが聞こえて、周囲の注目を集めた。学生カードというのは、一次試験合格者がもらったものだ。表側に記載されている事項について記入した上、顔写真を貼って二次試験当日に持参することになっていた。確かに「裏面は記入しなくてよい」と説明書に書いてあったと記憶している。この日、茶目っ気を感じさせる笑顔とはじけるジョークの連発で控えの席をなごませていた少し年配の男性が、またもや茶目っ気を出して「裏も書いてきちゃった」と言って笑い、僕らの緊張をほぐしてくれる。大学院の受験生は、層が厚い。多いのは大学生だが、社会人が少なからず交ざっていた。

小雨の日だった。十月初旬のこの日、僕は控え目に洒落た模様のネクタイをピチッと結び、紺の背広を着、貯金をはたいて買った革靴を履き、傘をさして試験会場に来た。受験生が集合した控室は大会議室だった。他の専攻の一次試験合格者も集まっていた。傘の雨をはたいて入室した時、意外ににぎやかだった。

さて、教授が一人来て、こう言った。

「これから二次試験を始めます。名前を呼ばれたら、係の人について面接室に来てください。なお、今日の試験だけで不合格となることはありません。一次試験と二次試験のトータルの成績で合否が決定します」

控室の受験生一同が、一瞬、静けさの中に沈んだ。そして、一人また一人と名前が呼ばれ、受験生は控室を出て面接会場に向かった。ちなみに、「一次試験に合格すれば、合格なんですよね」と僕に尋ねた大学四年生も、「裏も書いてきちゃった」と笑顔を見せていた年配の社会人受験生も、二次試験合格者の中には残らなかった。

僕が用紙に書いたキーワードをじっと見た福地教授が、張りのある笑い声でこんなことを言った。

「ずいぶんたくさん書いてあるね。二年で論文まとまるかな」

僕は先行研究を読んで覚えていた用語を十五個ほども書き並べたろうか。やる気を示したいと思って、少々多めに書いたのだった。口述試問が行われる試験会場は、小さな教室だった。着席した僕の前に、五人の教授がいた。

僕がかつて学校の教師を目指して国語科教育の勉強をしていたことに話が及んだ。国語科教育の中にあるいろいろな指導の中でも、特に語彙指導の勉強に取り組んだことを話すと、それについての細かな質問があった。僕は興味深く読んだ先行研究の筆者の名前を挙げたり、教材研究に用いた教材名を挙げたりしながら答えた。五人の教授のうちの三人が、うなずきながらメモを取っていた。

続いて、大学院でどのような修士論文を書こうと考えているか、具体的に説明するように求められた。修士論文の構想は必ず質問されると予想していたので、練っておいた腹案を落ち着いて述べた。と、そこまで話し終えたところで、僕から見て右手にいた教授が「これから研究しようとしていることは、これまで勉強してきたことを発展させることになりますね」と言った。まだ試験の途中だったけれど、それを聞いて僕は嬉しさを覚えた。

ところが、この直後にドキッとする事態が持ち上がった。「外国語の試験は、英語で受けたんですか」という質問が教授の口から飛び出したのだ。矢継ぎ早に「出来はどうでした」と質問が続いた。僕は動揺した。英語の試験を、僕は脂汗を流しながら解答したのだった。「難しかったです」と正直に答え、僕はある覚悟を決めて次の問いに備えた。幸いにして、英語の試験のことはそれ以上訊かれることはなく、以下二つのことが質問されたのみで二次試験は意外に早く終了したのだった。質問されたことの一つ目は、大学院で研究を終えた後の将来構想。二つ目は、僕の研究計画を、昔勉強した国語科教育の領域で発展させてみようとは考えなかったのかということ。

僕の将来構想が話題になる時、僕のする話は昔から決まっている。その場でも、それを話した。

「将来は、言葉を読み書きすることの面白さと楽しさを、次の世代に伝えて行く仕事をしたいと考えています」

そして、もう一つの質問に対しては、気力の全部を込めてこう答えた。

「私の昔の国語科教育の勉強も、本専攻で取り組む小説の文章における視点の働きと効果の研究と併せ、発展させてゆきたい所存です」

大学院入学試験は、これで一次と二次の両方とも終了した。


帰路にも傘が必要だった。門を出ると、秋の雨が学生街をしっとりと濡らしていた。自分のことを、しばらくの間、そっとしておいてやろうと思った。だから、僕は雨の中の街を、自由にさまよい歩いた。入学試験の結果が発表されるのは、二日後なんだ。それまでは、自分のことをゆっくりと休ませてやろう。

三　合格発表の日

僕は高校を卒業すると、新聞配達をして暮らし、本を読む楽しみを覚えた。そして文学を勉強する志を持ち、他の人たちより遅かったけれど大学受験をして、二十五歳の春に私立大学の夜学の文学部に進んだ。そして、書物に親しみ文学を学ぶうちに、本を読む楽しさを自分にとってのとても大切なものと思うようになり、この楽しさを周囲の人と共有したり次の世代に教えたり伝えたりする仕事をして生きてゆきたいという夢を抱いた。そして学校の教員になろうと思ったのだった。

しかし僕は、教員採用試験に失敗し、教員になる夢を断念した。さらに、新天地を求めて塾や予備校に講師として勤めたが、授業が下手だと言われ、この仕事も辞めてしまった。何をやってもうまくいかないので、僕は行き詰まった。でも、こう思ったのだった。

これからの人生は難しい勝負になりそうだけど、それを負けるもんかの気持ちで闘ってやろう。そしたら、後になって勝つかもしれないじゃないか。スポーツの試合でも何かのゲームでも、最初から苦もなく圧勝するよりも、前半戦の劣勢を後半戦で盛り返して勝つ方がすばらしいと思うし、カッコいいというものじゃないか。

そしてまた、こうも思った。

僕は子供時代から今に至るまで、何をやっても進歩が遅かった。けれど、いつだって自分のやりたいことを見つけ、下手でもそれを頑張りながら、けっこう楽しく生きてきたじゃないか。性格ってものは、変わらないんだ。だから、僕はこれからもずっと同じ調子で行くぞ。つまり、進歩が遅かろうと、自分のやりたいことを頑張る。諦めなければ、いつか物になるよ。僕はきっと、晩《おそ》く実を結ぶ晩稲《おくて》のような人間なのだ……。

そう思うことにして、晩くていいから自分のやりたいことをやろうと決め、自分のやりたいことは何なのかを考えた。そうしたら、もう一度勉強したいと思ったのだった。だから、大学院で勉強する志を立てた。入学試験を何度か受験した。そして、一九九八年秋の入学試験の一次試験と二次試験を受け、二次試験の翌々日が合格発表の日だった。

その日、駅から大学までの道を歩く僕の脳裏に、この日に至る数年間の生活が思い出された。

教員採用試験に失敗した後、僕のことで父と母にずいぶん心配をかけてしまったと思う。僕は、ある年の春に家を出た。塾や予備校の仕事でもつまずいていた僕は、いよいよ路頭に迷ったわけだが、しかし、その頃にいいことが一つ起きた。

その「いいこと」とは何かと言うと、それまで、作文を書いてもレポートを書いても積極的になれたことがなかった文章を書くことについて考える機会が増え、書くことの楽しさに目覚めたことだった。すると、新しく好きになった書くことと、前から好きだった読むことの二つをそろえて心新たに勉強してやりたいという意欲が芽生えた。そういう二三の幸いが重なって、大学院に行こうと決めたのだった。

僕の今後のことを心配している両親にそのことを伝えればよかった。だけど、受験して合格してから伝えればいいや、心配かけたくないから、などと思って伝えなかった。アルバイトをして一人暮らしをするのは僕の勝手だろうけれども、長男である僕が今何を考えているのか、どう生きるつもりでいるのかをきちんと示さず、曖昧にしていたせいで、両親に大きな心配をかけたに違いない。

そして、母がガンを患った。入院し、朝の九時から夜の八時半までかけて手術を受けた。僕は、手術が行われている間はずっと控室にいたのだが、手術が終わると、母にろくろく言葉をかけることもせずに、病院から自分の町に舞い戻り、深夜のアルバイトに出かけなければならなかった。昼間のまとまった時間を大学院受験のための勉強に使いたいという思いから、僕は深夜のアルバイトをしていた。

そのアルバイトというのは、牛丼店の従業員だった。肉を焼いたり味噌汁を作ったりごはんを炊いたり、調味料や紅生姜を容器に補充したり、食器を洗ったり店内設備を清掃したり冷蔵庫内をきれいにしたり、その冷蔵庫に食材を整理して入れたり、トイレの清掃をしたり虫の駆除をしたり。僕の体のサイズに合うものがないと言われてあてがわれたひどく窮屈なユニフォームを身につけ、僕はそれらの仕事を、二十二時から翌朝六時までの間にこなした。そして東の空が明るんだ頃、一夜のうちに出たゴミの山を袋に入れてゴミ置き場に運び、それで業務終了。自分の服に着替えて店を後にする。そして、西武池袋線の某駅へと流れ込む通勤通学の背広に学生服、その他いろいろな身なりの人々の群れを尻目にしながら眠たい目をこすりこすり帰路を急いだ。この一夜のアルバイトで六〇〇〇円弱の収入を得て、どうにかこうにか暮らした。

九月、受験料を振り込み、受験の申し込み書類を郵送した。届いた受験票を手にした時、ふと、合格したら必要となる入学金その他のお金のことが心配になったけれど、そのことは合格してから考えることにして、勉強に集中した。

母の手術の翌日から退院の日まで、毎日病院へ見舞いに行った。交通費がないので、毎日自転車を走らせて行った。僕の住まいと病院を往復するにはけっこうな距離があったので、いい運動になった。見舞いの品はなかったけれど、母の顔を見るたびに「秋になったら、おふくろのこと喜ばせてやるから、楽しみにしてろ」と言って聞かせた。そして、母を見舞ってくれた人たちが差し入れてくれたお菓子をご馳走になって帰った。

さて、二次試験合格者発表の掲示板がある文学部キャンパスに来た。

「300419」——この六桁の数字が僕の受験番号だったことを、僕はきっと生涯忘れないだろう。なぜなら、その六つの数字は一つ一つを取ってみれば、何の変哲もない、どこにでもある数字だけれど、横一列にきちんと整列してキラキラと、僕のことを出迎えて、笑いかけてきてくれたのだから。「二次試験合格者」の受験番号が並んだ一覧表の端っこの、そのまた端っこのあたりから。

——僕は、合格した。

事務所で合格証明書と入学手続き書類を受け取ると、僕は図書館に駆け込み、最初に見つけたプッシュホンに飛び付いて、実家に電話した。母が出た。母は、退院して自宅で暮らしていた。

「もしもし、おふくろさん、オレだよ。あのね、実は今、穂連大学に来てるんだけどさ、オレ、大学院の入学試験を受けて合格した」

電話の向こう側で母が、まず驚いて、それから喜んでくれたことが、僕にはちゃんとわかった。

「秋になったら喜ばせてやるから、楽しみにしてろってオレが言ったの覚えてるよな。それはこのことだったんだよ。嬉しいだろ？　オレ、また勉強するんだ。おやじにもよろしく伝えてくれ。それで、入学金とか授業料とかのことは、気を遣わないでいいからね。一切迷惑かけないから。オレの稼ぎで賄っていくんだから……」

夜、母から電話がかかってきた。「ご馳走作ったから、おいで」と言ってくれた。実家に行ったら、料理が並んでいた。おやじが僕にビール瓶を突き出して「一杯飲め」と言った。顔が真っ赤なところを見ると、早々とメートルを上げていたようだ。父は僕に対しては大抵無愛想で、この夜もそんな感じだったけれど、心の中では喜んでいるのだなと僕は思った。

学費稼ぎ家庭教師迷走物語

一　迷走物語のスタートは一通の手紙から

さて、大学院入試の一次試験と二次試験に合格した。ひとまずめでたい。だけど、だからといってこれで大学院に入学できるわけじゃないということを僕は忘れてはならないのだった。

「入学金と修士一年次の前期授業料を振り込まなきゃならない。その振り込みの完了を以て、晴れて大学院入学が本決まりになるんだ。よし、わかった。振り込む日はいつだっけ」

僕は、事務所でもらった入学手続き関係書類を取り出して開いた。

「来年の二月二十一日または二十二日か。それじゃ、早い方の日に振り込もう」

僕は手帳の、一九九九年二月二十一日のメモ欄にペン先を当て、『入学金と前期授業料を必ず振り込むこと！』と、太字で書き込んだ。

続いて僕は、書類の中に記された入学金と前期授業料を合計し、貯金通帳の貯金額と見比べた。そして、唇を噛んだ。

「貯金が足りない。全然足りないぞ……」

アルバイトでやっている牛丼店の店員を、仮に今日から二月二十一日まで毎日やって、それで稼げる金を足したとしても、必要な金には足りないことが分かった。

僕は、レジの打ち方を覚えられないなどの至らぬことがいろいろあって時間給を上げてもらえず、研修時給のままで働いていた。それなら新聞配達員に復帰すればいいと考え、古巣の販売店に出かけて行った。しかし、どこの店に当たってみても「今は配達員が足りてるんだ」という返事なのだった。

新聞の求人広告を眺めていたある日、ふと気づいた。貪欲に仕事探しをする元気に欠ける自分の弱さに。この弱さは、予備校や塾に勤めた時代にうまく仕事ができなかった挫折感から来ているのだろう、などと反省をしてみたりはするけれども何もできないままに、十月が終わり、十一月も終わりに近づいた二十八日のことだった。

「島根《しまね》霞《かすみ》様」――郵便ポストを開けたら、僕宛の封筒が一通届いていたのだった。

僕宛の手紙が届くなんて、もう何年もないことだった。差出人はと封筒の裏を見ると、「ケンタウルス家庭教師センター」という見たことも聞いたこともない会社名。封を切って手紙を取り出すと、「家庭教師をしませんか」という一文が僕の目をとらえた。

それは、何やらミステリアスな名称の会社が僕宛に寄こした、家庭教師依頼の手紙だった。

「僕が家庭教師⁉　できるはずない」と思ったけれど、僕は履歴書を書いた。「やらせてもらえるのなら、やろう。学費を稼ぐためなら、何だってやりますよ！」――もう、藁をも掴む気持ちだった。

二　ケンタウルス家庭教師センター

その日が十一月末日だったことをはっきりと覚えている。曜日も覚えている。月曜日だった。

その日、僕はケンタウルス家庭教師センターを訪ねた。ぜひとも家庭教師をやりたいと思って。大学院進学のために必要な入学金と前期授業料は、この仕事をやり遂げれば稼げると見込んで。

七階建てのビルの一階にある2LDKがオフィスだった。がっしりとした大きなデスクがあって、その上に置いてあるノートパソコン一台と電話二台が僕の目に映った。そして壁際の書棚の六つの棚をファイルが埋めていた。

僕に応対してくれたのは、家庭教師のマネージャーを名乗る人で、紺色のスーツとネクタイをぴしっと決めた背の高い男性だった。

マネージャーがキッチンで淹れたコーヒーにビスケットを添えて、デスクの椅子に腰かけて待っていた僕のところに運んでくれた。

仕事の打ち合わせがスタートすると、彼はまず名刺を差し出した。

「私、ケンタウルス家庭教師センターで家庭教師のマネージャーを務めております、広田《ひろた》正嗣《まさつぐ》と申します」

「僕、島根霞です」

「本日は、ようこそお出でくださいました」

「この度は仕事のご案内ありがとうございます」

「早速ですが、来年二月に高校を受験する中学三年生の男子生徒が一人いまして、その生徒が国語の模擬試験で点が取れないと言って、ご家族みんなで困っているんです。彼の国語の指導を、島根さん、ぜひあなたにお願いしたい、このように思いまして」

「謹んでお受け致します。僕、学費を稼ぎたいんです。学費というのは、大学院入学のために必要な入学金と前期授業料のことなんですけど、来年二月の二十一日に銀行に振り込まないといけないんです。その学費を作るために誠心誠意、精一杯働きます。その家庭教師の仕事、ぜひ僕にください」

「どうぞよろしくお願いします」

「はい！　で、ところでですね、あのー」

「はい」

「仕事の話に入る前に、一つ伺っておきたいことがあるんです」

「何でしょう」

今日この会社に来る道々、僕には、気になる疑問が一つあった。仕事をもらうなら、その疑問を解消させてからにしたいと思っていたので、率直に尋ねた。

「一体どのような経緯で、この度の家庭教師の仕事のお話を僕が頂戴することができたのでしょう」

「この方ご存じでしょ」

「あ！　なるほど」

広田マネージャーが棚からサッと一冊のファイルを抜き出して、僕の前に差し出して開いたページに、一通の履歴書が現れ、そこに貼られた顔写真を一目見るや、僕はすぐにぴんと来たのだった。

「荻野《おぎの》なら、よく知ってます」

その顔写真の青年を、僕は非常によく知っていた。彼は、僕の大学時代の、数少ない友人の一人だった。

僕と荻野栄一郎《えいいちろう》は、大学時代に語学の授業で知り合った。愛用の辞書が同じだったことが会話のきっかけとなり、名乗り合い、授業が終わると学食でランチタイムを共にしてとりとめのない話をして楽しく過ごした。と、そこまではよかったのだが、僕の年齢を知るや彼の僕を見る目が変わったのだった。

そして、学生達の懇親会の席で、僕にとって嬉しからざる出来事が起こった。

「島根さんってさ、大学入ったのが二十五歳だって言うんだ。おれより七歳年上だぜ。そんなに歳が離れているのってちょっとなあ。だからおれ、困って田舎の母親に電話しちゃったよ」

懇親会の幹事を務めた荻野が、僕のいるテーブルで顔馴染み達を相手にそんな話をしたものだから、僕はこの種の会に参加するのはもうこれっきりにしようと思ったのだった。だからそれからというもの、教室で彼がそばに来た時も、知り合ったばかりの頃にはきっと感じた明るい胸のときめきを最早感じられなくなった。

ところが時が流れて翌年の冬、僕と荻野の縁は思いも寄らぬ所で息を吹き返したのだった。長野県菅平《すがだいら》高原に宿泊してスキーを履修する体育実技の授業の履修生として、僕ら二人は再会した。共にスキーをするのが初めてだったことから、仲良く初心者班のゼッケンをつけてゲレンデに出た。それからの一週間、同じスキー講習を受講したことに始まり、朝食と夕食のテーブルが一緒、風呂に入る時間が一緒。その上、授業最終日の検定試験を受けて取得した級も一緒の三級。東京へ帰る新幹線の中でも、偶然に、お互いの顔が見える座席に座った。

そして新年度がスタートすると、僕達はまたもや同じ授業で顔を合わせた。文章を読んだり書いたりするのが好きな学生が集まって作品を発表し合い、読んで感想や意見を語り合う文章表現の授業だった。

小説、評論、エッセイ、脚本、その他様様。文章を書くことが好きな学生は、この授業の仲間に発表するために思い思いの文章をせっせと書いた。僕と荻野もその口で、授業の日をめざして、たとえば、新聞配達をしてみたい小猫が自分で記事を書いて作った新聞を、近隣の犬小屋の顔見知り達に配達して回るという童話を書いたり、オオスズメバチの大群に襲われた巣を守るために仲間達が戦って死ぬ中、一匹だけ逃げて生き延びたミツバチのその後の苦悩を描いた一幕物の戯曲を書いたりした。そして書き上げた作品のコピーを教室に持参し、出席者に配付し、それを見てもらいながら朗読し、感想や意見をもらい、凹んだり憤ったり、次は見てろと闘志を燃やしたりした。

ある日の授業でのことだ。

「あれ、島根さん、今日の文章短いよ」

僕のその日の作品を受け取った荻野が、一目見て、そんなことを口走った。そして、読んでから僕を見て、

「いつもはもっといろいろ書くじゃん。何だよ、おれ、島根さんの愛読者なのに」

僕は何と返事したか忘れたが、あの時彼が見せた半分怒ったような顔は、今も忘れない。文章をみんなで発表し合う教室に、僕の作品の「愛読者」だと言う仲間が出現した。そのことは、学生時代の一番いい思い出なのではないか、と思う。

大学を卒業すると、僕は予備校に勤め、彼はイギリスに留学した。別々の道を歩んだので何年もの間会うことがなかった。けれど、もう一度読み書きの楽しさを追いかけて勉強してやろうという志を抱いて大学院を受験した僕は、合格を勝ち取った日の夜、ふと彼のことを思い出したのだった。「荻野はイギリスから帰国して、日本で暮らしている」と、風の便りに聞いていた。

荻野に電話してみた。

「大学時代に授業で一緒だった島根霞です」

「あ、島根さん？　お久しぶり！」

荻野は僕の電話を喜んでくれた。

その電話をしたのは、一九九八年の十月の話だ。一九六〇年一月生まれの僕は、前述のように彼より七歳上で、その時三十八歳。そんな男の再進学の話に付き合ってもらえるものだろうかと心配したが、彼は僕の話を関心を持って聞いてくれた。そして、僕の合格を喜んでくれた。「もう一度読み書きの楽しさを追いかけて勉強がしたい、そう思ったんだ」と僕が言った時、彼がすかさず「一念発起、期待します」とエールを送ってくれた声が今も耳に残る。僕は、時を忘れて話し込んだ。自分の話をするばかりでなく、彼のイギリス留学時代、また帰国後の暮らしについて、質問を重ねたのだった。

そして、僕は思い出した。彼が帰国後の暮らしについて語り聞かせてくれた中で、通訳と翻訳の仕事をしていることに加えて仕事を増やし、中高生相手の家庭教師をがんばっていると話していたことを……。

これで、気になる疑問はきれいに解消した。

「わかりました。僕に家庭教師の仕事が舞い込んだのは、いわゆる友人の紹介というやつのおかげだったんですね」

安心した僕は、広田マネージャーにそう言ってから、皿の上のビスケットを平らげて、コーヒーを飲み干した。

「他にも気になることがありましたら、いつでもお尋ねください。実を言うと、この家庭教師の件はまず荻野さんに打診したんです。だけど荻野さんが言うには、受験シーズンが迫ったこの時期になると、受け持ちの生徒の指導が追い込みの段階に入っているからそれに専念したい、新しい案件を引き受けることには慎重にならざるを得ない、ということだったんです。で、『どなたかお知り合いで家庭教師のできそうな人いませんか』と尋ねたら、島根さんのことを教えてくれましてね」

「僕の履歴書はもう見ていただけましたか」

「拝見しましたよ」

「生徒は高校受験をする中学三年生とのことですが、中学浪人をしたような人物が家庭教師につくことを嫌がらないでしょうか」

そう、僕は中学浪人経験者だった。この話をすると、聞いた人は大抵黙りこむとか、不思議なものでも見たような顔になって僕を見つめるとかするので困るのだけれど、広田は大らかに笑って、こう言ったのだった。

「合格させちゃえばいいんです」

「わかりました！」

「島根さんは中学浪人をしたとのことですが、そこから努力して高校、大学へと進んだんですよね。そして今度大学院へ進む。高校受験を四か月後に控えた今、国語の勉強で苦しみ悩んでいる中学三年生に、島根さんのその力を伝えてやりましょうよ」

「そうですよね！　僕はやります、とにかく金が要るんで」

「じゃ、決定ということで」

「問題集や参考書のことですが、授業で家庭教師が使う教材は決まっているんですか」

「決まってません」

「と言うと？」

「明日、明後日にも島根さんを生徒に紹介します。生徒に会ったら、まず生徒とよく話してください。生徒がこれまでにしてきた国語の勉強の話をよく聞いてあげてください。それにより、生徒の国語の学力がどんどん見えてくるはずです。そこから『この生徒にはこの勉強が必要だ』『その勉強のための教材には、あの問題集と参考書を使うのがいい』といったことが一つ、二つ、三つと決まってゆくはずです。その生徒に最適な教材を見つけて与えてやってください。そしてその生徒の国語の力を伸ばす授業をしてください。

家庭教師は、教室に集まった大勢の生徒のためにではなく、たった一人の生徒のために教えるんです。生徒が家庭教師に期待するのは、自分一人だけのための授業です。教材選びのことですが、大勢の生徒が使っている教材が、必ずしもその生徒に役立つとは限りません。その生徒一人のために最適の教材選びをしてこそ、生徒が伸びる授業ができます。もし、教材選びをしくじると……」

「しくじると？」

「困ったことになります」

「僕の生徒に必要かつ最適な教材を、見つけなくちゃな」

「島根さんに紹介する生徒のことをお話しします。武蔵野市にあるA中学校三年生の小高《おだか》直人《なおと》君です。彼の成績のことをお話ししますとね、彼が中三の春から毎月受けている模擬試験の成績によると、彼は数学と英語の成績は大変によく、問題なしです。頭のいい優秀な生徒なんですよ。ただどうしてなのか、国語の成績だけがずっと低空飛行で、春からこの十一月まで、一向に上昇する気配が見られないんです」

「国語の成績だけが……ずっと低空飛行……。不思議だな。数学と英語は問題なしなのに、どうしてだろう」

「島根さん、家庭教師の仕事始めは生徒との顔合わせからです。早急に顔合わせの日を決めますから、生徒とよく話してくださいね。とにかく、生徒にとって明日からの師走が正念場となります。早く生徒に会いに行きましょう」

「行きましょう」

「では、小高君のご両親と連絡を取り、顔合わせの相談をして、日時が決まり次第お知らせします。小高君の家は武蔵野市の吉祥寺にあります。島根さん、生徒にする自己紹介など考えといてくださいね。お父さま、お母さまも同席してくださいますので、よろしく」

「わかりました。それで、直人君の志望校を知っといた方がいいですよね」

「穂連大学高等学院です」

「おっと、我が出身大学の附属校か……。フフン！」

「は？」

「いえ、別に……あの、実は、大学時代のことなんですけど、授業で一緒になったその高等学院出身の学生に、僕はカチンと来たことがありましてね」

「と言うと？」

「そいつは、とてもしっかりしたやつでした。授業でいい発言をバンバンするから教授達の高い評価を得ていた上に、悩み事の相談に来る後輩の面倒をよく見てやる気立てのいい男でしたよ。彼を何かにたとえるとしたら、早く実った早稲《わせ》って感じかな。そんな彼にくらべると、この僕は実りの晩《おそ》い晩稲《おくて》……」

「島根さん、生徒にそんな話はしなくていいですからね」

「そうですけどね」

三　履歴書と勉強部屋

　さて、師走の一日の火曜日。広田から電話が来た。生徒の両親に僕の話をしたら「来てほしい」という話になったそうだ。僕は広田と待ち合わせることになった。時間は、翌日の夕方五時。場所は、井の頭線の吉祥寺駅の改札を出た所だ。

　かくして僕はネクタイをきりりと締め、一張羅の三つ揃いで精一杯身だしなみを整え、マネージャーの案内で生徒の家をめざして歩いた。ジングルベルのメロディーが流れる吉祥寺の街を。家庭教師をする家のある住宅街の道を。

　大きな栗がのった洋菓子と良い香りのする紅茶が、僕と広田の前に出された。生徒となる中学三年生が、テーブルをはさんで僕の真向かいに座った。

　広田が僕を紹介した。

「小高君に紹介します。島根霞先生です」

　僕が生徒に挨拶した。

「島根霞です。第一志望校合格めざして、がんばりましょう」

生徒が僕に挨拶した。

「小高直人です。よろしくお願いします」

教え子になる生徒にとてもきちんとした挨拶をしてもらったので、息をのんでしまった。

僕は心の中で「直人か。しっかりしてるな。もう少し子供らしい挨拶をしてくれてもいいのに」などと思った。と、そんな僕に喝を入れるような出来事が起きた。

「直人君に、これをお渡しします」

広田がカバンから取り出した一通の封筒が、教え子の手に渡った。彼がその中身を取り出すと、なんとそれは、コピーだけれども僕の履歴書なのだった。僕が顔写真を貼ってケンタウルス家庭教師センターに持参した履歴書。

家庭教師をする僕と直人の初めての顔合わせの場となったのは応接間で、そこにはお父さん、お母さん、高校生のお姉さんの家族全員が同席したことに加え、アンディという名前のゴールデンレトリバーが遊びに来ていた。星の飾りとイルミネーションの点滅をちりばめたクリスマスツリーをその一角に置いた応接間は、心温まる団欒の時を過ごすのにこそふさわしい場所だと思われるのに、まさかここで我が履歴書が披露されることになろうなどとは思いも寄らなかった。僕の経歴を家族でさっそく見ている。

広田が僕の経歴の話をした。すると家族みんなが深くうなずきながらそれに耳を傾ける様子が僕の目に映った。僕は「ふうん、広田はこの家族にとても信頼があるんだな」と思った。

後で知ったことなのだが、直人の隣りに座っている姉のみどりさんも、広田が派遣した家庭教師について勉強したのだという。そして、第一志望の高校の入学試験を受けて合格したのだそうだ。

と、直人が僕に話しかけた。

「島根先生、おれ、国語の成績がずっと低いままで、この前の模擬試験でも点が上がらなかったんだけど、今からでも、二月の受験に間に合いますか」

どう答えたらいいのか迷った僕は、何はともあれ家庭教師を始めてしまえと思い、彼に「君の勉強部屋に連れて行ってもらえませんか」と切り出した。そして、これから仕事場となるその部屋に入ると、本棚に並ぶ参考書、問題集、国語辞典を見せてもらい、そして穂連大学高等学院の入試問題集を見つけた。厚みのあるその一冊の中には、英数国の入試問題八年分が収められていた。この日のうちに授業の教材を決めなければならないことを思い出した僕は、彼に話しかけた。

「この問題集は、やりましたか」

「数学と英語は全部やりました。国語は、まだ途中です」

問題集を引き抜いて検《あらた》めてみると、英数国の三科目全部について、問題編と解答編の二部構成になっている。そして、解答編を取り外して問題編の隣りに置いて読むことができる作りになっているのがとても便利でいいと思った。解答編の中身を見ると、解答に加えて、懇切丁寧な解説が載っている。

僕は直人に提案した。

「今月、この問題集の過去八年分の国語の問題を僕と勉強しませんか」

「はい」

「じゃ、教材はこれに決定です。僕も明日書店へ行って、同じ問題集を買います。そこでですが、八年分を一か月で勉強するとしたら、授業は週一回じゃ足りないですね。週二回は必要です。月木とか火金とか、週二日授業しようと思いますが、どうでしょう。週一回じゃ足りないです」

「じゃ、水曜日と日曜日がいいです。他の曜日は塾行ってるんで」

「それでは、水曜と日曜にしましょう」

「わかりました」

「君、問題の文章に傍線をいっぱい引いていますね。その調子で解答編の解説にも、どんどん線を引きましょう」

「はい」

僕はここで大事なことを指示した。

「もうひとつ、作文の問題集を一冊買ってください」

穂連大学高等学院の入試には、一次試験と二次試験がある。一次は英数国の試験。そして二次試験は作文と面接なのだ。二次試験の準備を一次試験に通ってから始めたのでは、遅いと思う。一次試験に通ることを前提に、今から作文力を養うべきだと思った。

「それじゃ、明日買ってきます」

直人はそう言ってから、「おれ、作文は好きなんで」と付け足した。

僕は、今日の仕事はこれで切り上げることにし、質問がないかを尋ねた。

「何か聞いておきたいことがあったら、聞いてください」

すると、彼は僕のことを尋ねた。

「あのさ、島根先生って、中学浪人したの？」

「はい」

「したくてしたの？」

「したくはなかったです」

「じゃ、なぜしたんだろう」

「学校での成績が悪かったからです」

これから教わる家庭教師の学歴を生徒が気にするのは自然なことだろう。だから僕の履歴書を広田から受け取った時、彼はこの僕がどういう高校や大学を出たのかなどのことをきっと真っ先に見たのだ。そしたら、「中学校卒業」と「高校入学」の間に「中学浪人」と記してあったので、「おや」と思って目をこすった。そんなところか。

僕は部屋を出る前に、一つ思い出した。直人が悪い点を取ったと話した模試の国語の件を。だから、そのことについて少し尋ねてみた。すると、彼は十一月の模擬試験の成績について、英数国の成績をすべて含めて語った。国語の成績が良くなかったせいで、数学と英語の好成績が帳消しとなり、三科目の得点合計から判定される志望校の合格率が「三十パーセント以下」と出た、と彼は言った。僕は「それじゃ、大変ですね。さっき二人で決めた通り、国語の問題八年分を気合いを入れて勉強しましょう」と言った。

駅で広田と別れる時、僕は「使う教材、決まりました」と伝えた。そして「精一杯、家庭教師をやりたいと思います」と言った。僕の胸は弾んでいた。

「十二月と一月を頑張ればイケる。大学院入学のために必要な入学金と前期授業料が稼げる。よし！」

僕は自分の街に舞い戻ると、先程までの緊張感から解放されたことも手伝って、人影のない細道を歩いた時に、ちょっぴりはしゃいだりした。仕事を始めるとすぐに、自分の前に大きな壁が立ちはだかることを、その時の僕は知らなかった。

翌日の午前十時。書店の開店と同時に僕は受験参考書コーナーに突入した。そして目当ての問題集を見つけて購入すると、領収書を受け取るのを忘れなかった。後日それを直人のお母さんに渡して代金をいただかなくちゃ。

直人が受験する穂連大学高等学院。さっそく僕はその入試国語の過去問八年分に目を通した。そして鉛筆と消しゴムと赤鉛筆と線引きを手元に置いて、授業の準備に取りかかった。

問題文の大事なところに傍線を引いた。問いの答えを考える際のポイントになる語句をマルで囲った。問題文がみるみる傍線とマルにまみれた。大学院の入学金と前期授業料を稼げるかどうかがこの家庭教師の仕事にかかっていることを思うと、授業の準備に万全な上にも万全を期したいと思った。

第一回目の授業は、十二月六日、日曜日。その前日には、授業のリハーサルをやった。直人の勉強部屋を目の前に思い浮かべ、勉強机に向かっている直人を思い浮かべ、彼の左隣りの席に座る自分を思い浮かべた。

「ハイ、ここがポイント。ハイ、ここに傍線を引いて。ウン、いい調子だ！」

僕は生徒の左隣りから指導する自分自身をイメージしながら、大きな声を出し、身振り手振りをつけ、ひたすら授業のリハーサルに打ち込んだ。朝飯は食べたが昼飯は抜いた。夕飯前に休憩を兼ねて少し眠ったものの、夕飯をかきこんで再開したリハーサルは深夜まで続いた。

家庭教師の初日が来た。

ピンポーン！

授業は夕方六時からという約束になっていたのだが、やる気いっぱいで張り切っていた僕は、かなり早い時刻に生徒の家の呼鈴を鳴らした。

迎えてくれた直人とお母さんが、ビックリした面持ちになった。僕は、授業の準備を十二分にしたことから生まれる自信を体中にみなぎらせながら「では授業を始めましょう！」と一声吠えるや、靴を脱ぎ捨て、直人の勉強部屋へ直行した。

カバンから問題集を取り出すと、傍線とマルでぐちゃぐちゃになったページを開き、授業の火蓋を切った。

直人に問題文を音読させた。問いに解答させた。僕はすかさずそれにマルとバツをつけた。そして、解説した。たっぷりと時間をかけて準備をしてきたので、授業が途切れることなく二時間めいっぱい続いた。

「ここがポイント。で、ここもポイント」

「ここと、ここか」

「この語句とこの語句に傍線引いて」

「この語句と、この語句ね」

「で、正解は選択肢のアだ。解答編の正解を見ろ。な、というわけなんだよ」

「なるほど」

まるでマシンガンを連射するかのようなリズムで解説の言葉を発し続けた僕は、授業を終える頃には喉がカラカラになり、お母さんが運んでくださった淹れ立てのアップルティーをがぶがぶ飲んで舌をやけどしそうになった。

「どうだろう、今日の授業。よくわかったかな」

「よくわかった」

「じゃ、次回もこの調子で行くぞ」

実は、この時すでにある破綻が、僕の仕事に生じていたのだった。しかし、僕はそれに全然気づかなかった。そして僕の授業は、二回目も三回目も、この一回目の授業と同じ勢いで進んだ。

また僕は、二回目の授業から副教材を加えた。その副教材とはどんなものかと言うと、授業の終わりに取り組ませる漢字の読み書きの小テスト。その日に取り組んだ問題文中の漢字をパソコンを用いてＡ４のプリント一枚の両面に打ち出したコンパクトなもので、直人はものの五分でこれをこなすことができた。

家庭教師の仕事が波に乗ったと思い込んだ僕は、ある日歩いた学生街の古書店で、授業に使えそうな問題集を新たに一冊見つけて喜んだのだった。それは『穂連大学瓜連《うりづら》高等学院入試問題集』で、直人の第一志望校の兄弟校の過去問集だった。兄弟校の入試問題だからだと思うが、出題傾向が似ていた。

「この問題集、直人の副教材として役立ちそうじゃないか」

僕はそう思って、即座に買った。また、生徒のためにやれそうなことはどんどんやろうと意気込んだ僕は、直人にこんなことを言い渡した。

「質問したいことがあったら、すぐ電話していいぞ。授業の日まで待っていることはない。深夜に電話したってかまわないぜ」

家庭教師がはりきるのは生徒にとって喜ばしいことだと思うけれど、はりきり過ぎておかしなことを言ったものだと後で思った。中学生が深夜に電話をかけたりなどするものか。

さて、僕の仕事の破綻が明らかとなり、厳しい現実に直面させられる日がついに来た。それは、よりによって僕が幼少の頃から大好きなクリスマス・イヴの日のことだった。その日は木曜日だったけれど、直人が冬休みに入り、塾通いが冬期講習の行われる昼間になった関係で、僕はその日の夕方から授業をすることができたのだった。

四　迷走物語の折り返し地点

直人が選択肢の記号を一つ選んで解答欄に書き込んだ。それに僕はバツを付けた。

「もう一度考えてごらん」

「ウじゃなくて、エか」

「そうだ」

「……」

直人の態度が、いつもと違って、何だかおかしいと僕に感じられた。なぜかと言うと、彼が僕と視線を合わせないようにしている風だからだ。彼のそんな態度は、これまでになかったことだ。

それは、クリスマス・イヴのことだった。この十二月二十四日は本当なら直人にも僕にも、特別に嬉しい記念日か何かになるはずの日だった。なぜなら、一か月かけて勉強しようと決めた国語の問題八年分の最後の一年分がこの日片付いて、直人の第一志望校合格へ向かって大きく前進できるはずの日だったから。なのに、一体彼はどうしたというのだ。

寒さがひとしおの夕方で、日の暮れた街の空気は凍りついていたので窓をきちっと閉め切り、勉強部屋をヒーターでガンガン暖めて授業をしていた。

腕時計を見ると、授業開始から四十五分ほど経ったところだ。休憩時間には早いけれど、僕は授業の雰囲気を変えるために、声を明るくして彼に話しかけてみた。勉強とは関係のない話をして。

「サンタクロースが、来るといいよな」

「あ？」

「今日はクリスマス・イヴだからね」

「……」

彼が全然話に乗ってこないので、僕は問題集のページをぱらりぱらりとめくって、今月取り組んできた問題を一通りふりかえってから、再度声を明るくして話しかけた。

「第一志望校の国語の問題八年分が、今日で片付くね」

「……」

「がんばったよな」

「……」

直人が、あきらかに変だ。話しかけているのに、口を噤《つぐ》んだ。一体どうしたんだ、おい、直人……。そうだ、今月の模擬試験の結果をまだ聞いていなかったなと気づいた僕は、教え子のうつむいた横顔に話しかけた。やっぱり、声を明るくして。

「そうだそうだ、十二月の模擬試験は、どうだった。結果出たんだろ。合格率は……上がったか？」

その時だった。彼が、噤んでいた口を開いた。

「先生」

「何だ」

「過去問を、先生に教わったことを思い出しながら、何度もくりかえし復習すれば、それでいいのかい。何度も何度もくりかえし解けば、それでどんな問題にも解答できるようになって、国語の力がつくのかい？」

そう言って直人が僕と目を合わせた。涙が目に溜まっていた。

「泣いているのか？」

僕は問題集を、机の上に伏せて置いた。直人が困っている様子だから、何を困っているのかをよく尋ねてみることにした。

「何を困っているんだい？」

彼は涙をぬぐい取ってから、改めて僕と目を合わせた。

「この前の模擬試験の国語、またできなかった」

塾通いをするのに加え、家庭教師について週二回、第一志望校の入試問題の国語を一生懸命解いた。そういう努力をしたのだから、今度は勝てると思った十二月の模擬試験だった。なのに、その期待が木端微塵に打ち砕かれた——直人が今置かれた状況はそういうことなのだった。十二月が間もなく終わる。第一志望校の入試まで二か月を切った。彼の動揺は小さくない。

「『この前の模擬試験の国語、またできなかった』と今言ったな。どのくらい、できなかったんだろう。得点は？」

点数のことは、彼は話さなかった。僕が聞いた彼の話をまとめると、こういう話だった。

「おれは島根先生の授業を一生懸命に聞いた。そしてよく理解できた気がした。だから今度の模試では国語の点数が上がると思った。だけど、上がらなかった……」

僕は、何とかしなくてはいけないと思った。だけど、どうしたらいいのかすぐにはわからなかったので、苦しまぎれに首を振った。すると、ふと、ある問題集の真新しい背表紙が僕の目に入った。直人の勉強机は本棚付きだ。その棚のちょうど僕の目の前の所に、その問題集はあった。引き抜いて見たら、作文問題集だった。初めての顔合わせの日に、僕が「作文の問題集を一冊買ってください」と指示したのを聞き入れて、彼が買ったもののようだ。判が大きい上に厚みもあって重みのある、そして読み応えのありそうな一冊だった。

僕と直人の話題が、ガラリと変わった。

「君は作文が好きだと言ったっけな」

「言ったよ」

「高等学院の入試には、作文の試験があるぞ」

「二次試験にね」

「一次試験に通って、作文を書きたいよな」

「おれ、作文すごく書きてぇ」

「作文がそんなに好きか」

「好きだ。作文は、楽しいから」

「何か書いたもの、あるのか」

直人が抽斗《ひきだし》を引いて、ファイルを一掴み取り出して、僕の前に重ねて置いた。手に取ってみると、どれも作文の束を綴じたものだった。束の中身は、長い作文、短い作文、いろいろだ。「ちょっと見せてくれ」と言って、僕は、彼が書いた短い作文を読んでみた。授業が脱線した形になったが、今しばらく、このまま行こうと思った。

（直人の作文　一）

信号待ちをした時の話。犬と飼い主の一組が僕のそばに来た。犬って飼い主と一心同体みたいだ。飼い主が立ち止まると、犬もその足もとに立ち止まる。飼い主が歩き始めると、犬も歩き始めてトコトコ仲良くついてゆく。

（直人の作文　二）

中には反抗期の犬もいる。今日、引き綱をひっぱる飼い主に顔を背けて座り込み、腰を上げようとしない犬を街で見た。飼い主はおしゃれした女の人。犬を相手に「何度目？何度目？　ねえ何度目？」と問い詰めていた。

「あのさ」

「何」

僕は、直人に「気を悪くしないでくれな」と前置きしてから、「君は国語の成績がふるわないでいる。ところが作文を見ると、楽しそうで、いいじゃない。この二編なんか、人と犬のふれあいの景色がよく目に浮かんで、ほのぼの楽しい」と言った。すると彼は「おれがアンディを散歩させる時とかに、同じような飼い主と犬をよく見かけるんだ。いいコンビがいたりすると、印象に残る。そういう時、作文に書くんだ」と言った。

「今見たのは、出来事の描写だ。意見文や感想文も見たいな」

「ファイルの中のどこかにあるよ」

直人の作文ファイルは、どれも厚みがあった。中身を検めてみると、原稿用紙やレポート用紙に手書きしたもの、プリンター用紙にプリントアウトしたもの、手書きノートのページを切って綴じたもの、そういう様々な形の作文があった。

「これ、全部、君が書いたのか?」

「そう」

「直人が、作文が好きだということ、よくわかった」

「おれは作文が大好きだ。国語の成績にはつながってくれなかったけど……文章を書いている時、おれは楽しい」

僕は今しばらく、彼の作文に付き合ってみたいと思った。

「他に、お勧めのがあったら、見せろや」

「そんなら、先生、こっちの見てくんないか。これは、楽しい作文じゃないんだけど」

直人は、抽斗から新たにファイルを一冊取り出して見せてくれた。そのファイルはハードカバーで、その色は銀色だった。

おばあちゃんは病院通いが長くて体力ないから、お外に行きたくても行けない。僕の自転車にドライブレコーダーがついていたらな。サイクリングした僕が見たのと同じ春景色を、おばあちゃんにも見せてあげられたらな。

（直人の作文　三）

ホットタオルでお顔を拭いてあげました。水分補給させてあげるべくスプーンを使い、まず水を、次に好物のC．C．檸檬フルーティを口に入れてあげたかあげないかの時に、息を引き取りました。看取ったのは僕でした。

（直人の作文　四）

祖母の思い出を綴った作文を告別式で朗読しました。山ほどある記憶の中から特に話題に選んだのは、僕のことを強く叱れなかった祖母の逸話でした。祖母のことで僕が最も愛しく思う思い出を朗読したのかもしれません。

（直人の作文　五）

直人によると、これらの作文は「おばあちゃんが病院通いをした頃に書いたのと、亡くなった頃に書いた作文」だとのことだ。

僕はあることに気づいて、彼に話しかけた。

「今読ませてもらった作文は、字数を数えてみたら、どれもぴったり百字だね。百字で書こうとねらったのか、これ全部」

「そうだよ」

僕は「こういう百字で書く作文の書き方を、どこで教わったんだい」と尋ねてみた。すると、「夏休みキャンプの作文教室で教わった」という答えが返ってきた。

「作文教室のあるキャンプなんて、初めて聞いたな。先生は、どんな人だったんだい」

「おれのいた班のリーダーやってた大学生」

僕は腕時計を見た。授業時間の半分の六十分が過ぎた頃合だ。そろそろ、授業に戻らなければいけない。でも、広い目で見れば、その作文教室の話をさせることも国語の勉強だと思うことにして、「その夏休みキャンプの作文教室ってやつの話を聞かせてくれないか」と僕は直人に言った。すると、彼は小学生の時から、毎年夏休みに参加しているというキャンプの思い出話を始めた。彼によると、何でもそのキャンプでは例年、中日《なかび》に種々のお楽しみ教室というのが開設され、野営長が講師の自然観察教室とか、女子大生リーダーに教えてもらえる焼きリンゴ教室とか、マッチを使わず肉を焼こうぜ原始火起こし教室とかいった、キャンプ名物の人気教室が様々あるのだという。で、小中学生たちは教室を自由に選んで生徒になるのだそうだ。そして、「夏休みキャンプの作文教室」もそうした教室の一つで、その夏にも行われたのだが、例年講師を務める人が結婚退職したので急遽、直人の班に付いていた大学生のFリーダーが講師に駆り出されたのだという。

「Fリーダーって人は、どんな人だい」

「体育大の学生」

「へー」

「気は優しくて、力持ちってタイプ。キャンプ中、よく腕立て伏せやってた」

僕が「腕立て伏せやると、作文の先生ができるのかねえ」と問うと、直人が言うには、キャンプが終わると、みんなの作文集ができるのだが、Fリーダーの作文は面白いという評判が前からあって、みんながそれをとても楽しみにしていたのだそうだ。彼は「Fリーダーは、炊事の時間に、いつもかまど番やってた。薪割りと焚きつけがリーダーの中で一番うまかったね。で、作文にも飯盒炊爨《はんごうすいさん》のこと書いたりして、それが確かに面白かったね」と言った。

「そのFリーダー、どんなふうに作文を教えたんだよ」

「『この作文教室のきまりを一つ決めるぞ』と言って、『百字で書く。これがきまりだ。このきまりさえ守りゃ、あとは自由。どんな作文を書こうが、自由。思いっきり自由に書いてみろ』って言った」

「それだけ?」

「うん。で、あとは『森でも湖でも好きな所へ行って、何でもいいから面白いことを見つけろ。それを百字作文にして持ってこい。字数オーバーも、字数不足も、だめだ。ぴったり百字だ』と言って、鉛筆と手帳の入ったウエストポーチをおれ達に貸し出して『よーい、どん』と言ったから、おれらみんなキャンプ場のあちこちに出かけて、百字作文書いてリーダーに持って行った。リーダーがそれをみんなに聞こえるように大声で読み上げた。そしたら、盛り上がった」

「盛り上がったのか」

「うん」

直人がその作文教室で書いたという百字作文もファイルの中にあると言うので、見せてもらうことにした。

（直人の作文　六）

楽しみにしていたキャンプファイアが雷雨により中止に追い込まれた昨夜から一夜が明け、晴れ渡る朝空に太陽燦燦。雷雲に雷太鼓。それにバチ。自分の七つ道具をきちんと夜明け前に撤収した雷様は後片付けの達人だな。

晴れたキャンプ場の空に月がキラリと桜色。僕は「今日の空はあの月があるのを除けば、雲一つない空だ」と思ったのだが、それは違った。地平線に立つ背高ノッポの木の肩越しに雲が一片浮かんでいるのに気づいたから。

（直人の作文　七）

あの湖は僕の友達。今日会いに行ったら雨に降られて冷たい思いをしたが、あいつは雨の下でも晴れた日と同じように僕を迎えてくれた。万緑を湛えた大いなる腕であいつと肩を組んだ山脈が、新しい友達として仲間入り。

（直人の作文　八）

僕は興味深く、一つ質問した。
「君のこういう作文を、学校の先生には見せたか?」
「とっととやめろって」
「え?」
「『これ次も書くのか⁉』って、恐い顔された。『こんなの書くひまあったら、漢字や四字熟語やことわざを覚えろ。評論や論説文を読め。おまえ、もう受験のこと考えなきゃいけない時期だろう。入試国語の一番の得点源は読解問題なんだ。作文は捨てろ』と言われた」

僕は、それでいいのだろうかと思って、言った。

「先生は、君を受験に合格させたい、その気持ちからそう言ったんだろう。だけど、作文を捨てちゃうなんてだめだ。続けろよ」

「おれは、続けたいさ。でも、つまり逆風が吹いた」

「先生が言った、入試国語の一番の得点源は読解問題だというのは確かにそうだ。評論や論説文の筆者の考えを十分に読み取る、入試で最も問われる国語力はそれだと言える。けれどもな、筆者の考えを読み取ったところまでで国語の勉強はおしまいなんだろうか。ある人の考えを読んだら、今度はそれに賛成するなり反対するなり、自分の意見とか主張とかを文章に書いてみるなりしたいと思わないか。書くべきなんだ。それをするのが作文だ。そこまで行ってこそ、国語を勉強した意味がある。僕はそう思うぜ」

「そうだよね」

だいぶ話し込んだから、時間がずいぶん経ってしまったと思って腕時計を見ると、授業の残り時間は四十五分だ。

「授業に戻ろう」

「あ、先生」

「何だ」

「その銀のファイルの中に、サイクリング日記っていうのがあるんだ」

「サイクリング日記？」

「それも、先生、見てくんないか」

僕は腕時計を直人に見せ、「授業の時間がなくなっちゃうぞ」と言い、「作文のある二次試験に進むため、一次試験を突破しなくちゃならないだろう」と言った。ところが、彼は食い下がった。

「そのサイクリング日記ってのは、おばあちゃんに読んで聞かせたいと思って書いたものなんだ。だけど、おばあちゃんは、読んであげる前に天国行っちゃった。もし先生が読んでくれないと、永久に誰にも読んでもらえない」

僕は、ここでつい「授業進めないと、受からない」と口走って、「しまった」と思った。直人が、うつむいてしまった。「受からない」などとは、受験生に対して言うもんじゃない。彼は、すっかりしょげてしまった。僕は励まそうとしたが、彼が「島根先生も学校の先生と同じじゃん」と暗くつぶやくのが聞こえたので、「まあ、そう言うなよ」と返してから「よーし、わかった。責任は僕が取る。今日の授業は中止にして、サイクリング日記を読むぞ！」と言って、再び銀色のファイルを手に取った。

湖一周サイクリングの前に体操していた時の出来事。斜め後ろにいた幼い子に見物されていることに気がついた。僕がしていた体操は、ラジオ体操の「体を回す運動」。見られているからつい奮闘して、目が回っちゃった。

（直人の作文　九）

湖を一周した後の出来事。僕のジーパンの膝に小っちゃな青虫がしがみついていた。湖の周りを走る僕と人間の脚を登る青虫君。僕と君は冒険好きの仲間だねと思って、手袋の指先でそっと捕まえて桜の枝に移してやった。

（直人の作文　十）

おばあちゃん、僕のサイクリングの走行積算距離が一万キロに届くよ。一万キロ走った人はざらにいる。だけど、僕の一万キロはすごいのさ。東京埼玉の一都一県を出ない短距離サイクリングの積立貯金の一万キロだもの。

（直人の作文　十一）

ただひたすら無言で読み続けるのも何だからと思って、僕は「直人はしっかりとしたい字を書くなあ」と一つほめてから、ページをさらにめくった。

サイクリングする時の僕の視界は左側へ広い。湖一周時計回りコースを走る時のそれは街の眺望が広大で見晴らし最高。それに対して逆コースを行く時のそれは樹林に遮られ、その向こう側にある湖が見たくても見えない。

（直人の作文　十二）

ある分岐点に来た。右へ進むと、瑠璃色の湖一周ロード。左へ進むと、古木賑わう山奥へと迷い込む長く曲がりくねった道。さて、どっちへ進もう。「僕のしていることは腹へらしサイクリングだ」と思うから、左へ前進。

（直人の作文　十三）

古木で賑わう山をさんざん走り回った後に分岐点に舞い戻った僕。今度は「僕のしていることは腹へらしだけど、サイクリングなんだ」というわけで、右へ前進。瑠璃色の湖を一周した。光る雲の下を旋回する大鷹を見た。

（直人の作文　十四）

今日のサイクリングで、今年初のことが二つあった。自転車道の下り坂で蝉の声を聞いたことと、巨木の立ち並ぶ樹林を走った時に高い枝のどれかで郭公《かっこう》が鳴いたこと。夏が来た。夏の到来をまず二つ、僕の耳でキャッチ！

（直人の作文　十五）

…………。

ここで次のページに移ると、長い作文が現れた。何ページにもわたって書いた力作のようだ。これを読むとなると、もはや授業ができない。そこで、僕は直人にこう言った。

「このファイル、しばらくの間僕に貸してくれ。とても長い作文。どんなことが書いてあるのか、家でゆっくり読みたい」

そして、さらに「ファイルをカバンに入れるのに、何かで包みたい。ふろしきあったら、貸してくれ」と依頼すると、彼は母親を呼んだ。僕は、お母さんから借りた京紫のふろしきで作文ファイルを包んだ。それから、直人に言い渡した。

「年内に、あと一回授業がある。その授業を、がんばろう」

「今からでも、間に合うかな」

弱気なことを言う教え子に、僕は声を大きめにして指示した。

「おい、四月から十二月まで、直人が受けた模擬試験の国語を全部、持ってこい。今、この机の上へ出せ」

問題用紙と解答用紙の束が、僕の前に置かれた。僕は解答用紙の方に手を伸ばした。今見たいのは解答用紙なので、問題用紙は机の隅に寄せた。直人が答えを書き込んで、マルやバツをもらった解答用紙。その解答用紙をよく検討することで、教え子の国語の学力をよく見極めたいと僕は考えた。

四月から十二月までの九か月分の解答用紙をよく見渡せるようにと、僕と直人で、配置を工夫して机の上に並べた。かくして、九か月分の解答用紙を右から左へ並べ、かつ横縦三列に並べる要領で、一列目に四月・五月・六月分を、二列目に七月・八月・九月分を、三列目に十月・十一月・十二月分を置いた。

そうして解答用紙を一緒に眺めながら、僕と直人とであれこれ話し合った。

「漢字の読み書きは、よくできているな」

「うん」

「四字熟語にことわざ、それに文学史の問題も、大方マルをもらっている」

「うん」

「つまり知識問題と呼ばれる問題に対しては、直人は強い」

「うん」

「読解問題を見ていくぞ。選択肢問題や空所補充問題も、マルが多い。バツは少ない」

「そうだね」

「じゃ、なぜ国語の点が悪いのか。原因は……見えてきたよな」

「記述問題にバツもらいまくりだ、おれ」

そうなのだった。記述問題の解答にバツ、バツ、バツ。どの月の解答用紙を見ても、直人は記述問題の出来が良くなかった。

「直人は、記述問題が苦手なのか?」

「ていうか、嫌いなんだ」

「嫌い……」

「おれ、この記述問題というやつが、どうも好きになれない」

記述問題というのは、たとえば「傍線Aはどういうことか。三十字以内で説明せよ」とか、「主人公が傍線Cのように言った理由を四十字以内で記せ」とかいった問題のことだ。実は、直人のめざす穂連大学高等学院の国語の問題では、この記述問題のウエートが際立って大きい。

僕は彼の、九か月分の解答用紙を改めて見た。記述問題の解答を特に注意深く見た。彼は、どの解答欄の升目も、文字で埋めていた。それなのに、マルをもらえずにいた。作文を書く時にはない、記述問題に取り組む時に求められる考え方というものがある。それを、彼はまだ理解できていないということなのかなと、僕は見当を付けた。

僕の次の仕事が見えた。記述問題の考え方と答え方。それを直人によくわかるように教え、理解させ、習得させることだ。

僕は、彼に言った。

「六日後の三十日に、今年最後の授業があるよな。その日、記述問題の考え方と答え方を君にしっかり教えるから、そのつもりで」

「一回で、できるかな」

「僕が直人に教えたいことを、一回の授業で理解してもらうための教材を、僕が考えて作ってくる」

この日の授業の終了時刻が来た。京紫のふろしきで包んだ直人の作文ファイルを、僕は大切にカバンにしまった。

お母さんがいつも通りアップルティーを運んでくださった。

「先生、今日はクリスマス・イヴですからケーキも召し上がってくださいね」

「ごちそうさまです」

「直人は今日いくつめかしらね。フフフ」

お母さんは、大きめに切ったケーキを一つずつお皿にのせ、僕と直人の前に置いてから、直人の肩に手をやって「模擬試験のこと、先生にお話ししたの？」と言った。

僕は玄関で靴を履いてから、見送ってくださるお母さんに、こう申し上げた。

「模擬試験の成績のこと、直人君から聞きました。答案も全部見せてもらいました。直人君の指導を任せていただいたのに、成績が伸びないでいることを大変申し訳なく思います。僕の教え方に至らないところがあったと言わざるを得ないです。ですけど、年内にもう一回授業をします。次にお伺いする三十日、その日までに、直人君の話を家でよく思い出して、必ず対策を練ります。マネージャーの広田にも相談します」

そう言って一礼して、僕は引き上げた。


帰り道で、吉祥寺の街のどこかで鳴り響くジングルベルのメロディーが聴こえてきたが、僕はクリスマス気分にひたるどころではなかった。次回の授業をどうするかを必死に模索した。模索に苦しむと、「直人の成績を上げないと家庭教師クビだよな。すると、入学金と前期授業料をあきらめるってか」といった意識に襲われたり、仕事が下手なせいで職を追われた昔のことが思い出されたりして、いたたまれなくなった。

ところがふと、自分のカバンの中にある、あの京紫のふろしき包みが思い浮かんだ。すると、胸に「今夜包みをひらいて、直人の作文をじっくり読むとしよう」という意識が広がり、心が落ちついた。

僕は「次の授業の話はそれからさ」と思い、それから「六日後の十二月三十日水曜日の授業。それを、精一杯いいものにしてみせる。そして直人を合格させ、入学金と前期授業料を手に入れてみせる」と思った。

五　馬追いと噴水

「さて、最初にまず、机の上をきれいに片づけてくれ」

その日、授業を始める前に僕がそう切り出したので、直人が不思議な顔をした。

「問題集を閉じて、本棚に戻せ。鉛筆と消しゴムも筆箱にしまえ」

机の上が、きれいに片づいて、広くなった。僕はそこに一枚の紙を置いた。年内最後の授業が始まった。

その紙はＡ４判の大きさの、僕の手作りプリントだった。

「このプリントを読んでみてくれ」

島根霞特製プリント
小高直人君が記述問題と出合った時にする、自問自答八つ

【自問自答その一】

穂連大学高等学院の入試国語問題を八年分勉強しました。それをふりかえると、記述問題には三種類ありました。

・内容説明問題

・理由説明問題

・その他の問題

記述問題のこの三つを覚えていますか。【はい・いいえ】

【自問自答その二】

今、記述問題の問いを読みました。その問いが内容説明問題なのか、理由説明問題なのか、その他の問題なのか、きちんと区別できましたか。【はい・いいえ】

【自問自答その三】

今、内容説明問題に解答しました。内容説明問題に解答する時は、文末を「〜こと。」

と結ぶ約束になっています。文末を「～こと。」と結んで解答しましたか。【はい・いいえ】

【自問自答その四】

今、理由説明問題に解答しました。理由説明問題に解答する時は、文末を「～から。」と結ぶ約束になっています。文末を「～から。」と結んで解答しましたか。【はい・いいえ】

【自問自答その五】

今、記述問題に解答しました。「文章中の言葉を使って書け」とか、「自分の言葉で書け」とか、「具体的に書け」とかいった、問いそれぞれの要求を注意深く読み、その要求にしっかりと応じて解答しましたか。【はい・いいえ】

【自問自答その六】

今、記述問題に解答しました。「二十字以内で書け」とか、「三十五字以上四十字以下の字数で記せ」とかいった、問いそれぞれの指定する字数をしっかりと頭に入れ、字数をきちんと数えて解答しましたか。【はい・いいえ】

【自問自答その七】

今、記述問題に解答しました。「句読点は字数に数えない」とか、「句読点も字数に数える」とかいった、問いそれぞれが定める句読点の数え方をよく頭に入れて記述解答できましたか。念のために言うと、句点は「。」で、読点は「、」です。それもわかっていますか。

【はい・いいえ】


【自問自答その八】

今、記述問題に解答しました。文章中の言葉を引用した時や、だれかの言葉を引用した時には、その言葉を「　」でくくるきまりがありました。そのきまりをきちんと守りましたか。【はい・いいえ】

プリントを読み終えた直人が、僕を見て聞いた。

「この八つの自問自答っての、先生が考えたのかい」

「そう。直人に教えたいことをいろいろ考えて並べて整理して教材を作ったら、この一枚の紙になった。紙一枚だが、これは君に教えたいことのエッセンスだ」

「フフ、フフフ」

「何だ」

「おれ、こういう自問自答を、今までしたことなかった。そうだったのか。記述問題を考える時には、こういうことを考える必要があったんだね」

「そうだ。大事なことを言うから、よく聞け。記述問題の解答を書く時、作文の書き方と同じでいい時もある。テンやマルの打ち方とか、かぎかっこの使い方とかは同じでいい。その一方、記述問題に解答する時には、作文を書く時にはない、その時特有の考え方がいくつか必要なわけだ。その考え方を整理して頭に入れておかなければいけない。これまでの直人は、そこの所が弱かったわけだ。だから、あんなに作文が書けるのに、記述問題に不覚を取り続けてきたわけだよ」

「うんうん」

「そんな自分に今日でさよならしろ」

「わかった。でね、一つ質問があるんだ」

「おう、何かな」

「記述問題を好きにならないとだめなの？」

「直人は、記述問題が嫌いだと言ったっけな」

「嫌いだ」

「それなら、それでいいと思う。その代わり、この八つの自問自答の全部に【はい】と答えられるようになること」

「わかった」

「この紙、どこかに貼って、三が日にくりかえし唱えてみて」

「これ、今日中に覚えるよ」

直人が元気づいた。それが嬉しくて、僕は言葉を足した。

「これで、一月の模擬試験の国語の点数はアップすると思う。そして」

「間に合うんだね」

「間に合うとも。二月の本番、穂連大学高等学院の入試。そこで、国語の合格点取るの、夢じゃない。ただし」

「ただし……？」

「夢を現実のものとするには、今日これからやる二題の問題に勝つことが必要だ。その二題のうち、一題は記述問題で、もう一題は作文問題だ」

僕は「これが、今日の授業の本丸だ」と言って、ある問題集をカバンから取り出して、直人の前に置いた。それは、例の学生街の古書店で見つけて買っておいたもので、表紙のデザインが穂連大学高等学院の過去問集と同じ。その表紙の題字を指さして、僕は言った。

「書名を読んでごらん」

「『穂連大学瓜連高等学院入試問題集』……ふーん」

「この瓜連高等学院というのは、君の第一志望校の兄弟校だ。兄弟校だから、入試問題の形式も内容も何もかもがとても似ている。だから、今日はこの問題集の問題をやる。まずは、記述問題からだ。解答する時、さっきの紙に並べた【自問自答】を思い出して、心の中で唱えてごらん」

そう言ってから、僕はある年度の記述問題のページを開いて直人の前に置いた。

【四】次に掲げるのは、佐藤春夫の小説『田園の憂鬱』の中にある、虫と馬追いの描写である。これを読み、後の問題に答えよ。

それらの虫どもは、夏の自然の端くれを粉にしたとも言いたいほどに極く微細な、ただ青いだけの虫であった。馬追いは彼の小さな足でもってそれらの虫を掻き込むように捉えて、それを自分の口のなかへ持って行った。馬追いの口は、何か鋼鉄で出来た精巧な機械にでもありそうな仕掛に、ぱっくりと開いては、直ぐ四方から一度に閉じられた。一層小さな虫どもはもぐもぐと、この強者の行くに任せて食われた。

【問題】この描写を読んで、君が考えることを書け。なお、中学国語の文法や表現技巧の学習で学んだ知識を一点引いて、考察に役立てること。解答字数は、句読点や記号を含めて三百字以内とする。

問題を読んだ直人が「何を書いたらいいのか、まるでわからない」と怖気付くのが聞こえたので、僕は敢えて冷たい態度で応じた。

「あのな、今日の問題、模範解答ないから」

「え？」

「この問題集は古本屋で買ったんだ。解答編が欠落してるってんで、安かった。ただ、内容は宝の山なんだ」

「模範解答見たいよ」

「模範解答が見たいなら、自分で書くしかないってことだ。だってそうだろ、本番の試験では模範解答なんて見せちゃもらえないんだから」

僕はそう言ってから、直人のノートを自分の前に引き寄せて、ページのど真ん中にでかでかとこう記して、彼の前に戻した。

【自問自答番外編（大ピンチの時）】

今、記述問題に解答するところです。むずかしい問題が出ました。何を書いたらいいか、わかりません。そんな時は、こう思いましょう。記述問題は、作文だ！　今、いつも胸の中にあるあの気持ちを思い出せますか。「おれは作文が大好きだ」「おれは作文が書きたい」という君の気持ちを。【はい・いいえ】

直人の鉛筆が動き始めた。だが、少し書いては消しゴムでごしごし。僕はその様子を見て、今度は助け舟を出した。

「キャンプの作文をあんなにはりきって書いた直人だろ。楽しくやれ」

その後のやりとりは割愛する。結果へ行くと、彼は書き直しを重ねた末に、こんな解答を書き上げた。

（直人の、記述問題【四】の解答。三百字）

この描写の第四文に、馬追いを「強者」と呼んだ表現がある。これは表現技巧の学習で、『走れメロス』の結びにメロスを「勇者」と呼んだ例で学んだ呼称表現の一例だ。メロスを「勇者」と呼んだように、登場人物に合う呼称を充てると、その個性を強く印象付ける。この描写は四つの文から成り、第一文で小さな虫どもを描き、第二文でそれらの虫を捉える馬追いの足を描き、第三文で虫を食うべく馬追いが開け閉じする口を描き、その三つの文を以て虫どもの弱く、馬追いの強いことを描いた。そして第四文で虫どもが馬追いの餌食となる光景を描き、馬追いを「強者」と呼んだ。この呼称表現には、虫の世界の弱肉強食の力関係を際立たせる力があると思う。


「よっしゃ！　書けたね」

「やればできる、ってね。フフ」

「直人は最初『何を書いたらいいのか、まるでわからない』と言ったけれど、ところがどっこい、書けた。なぜ書けたんだと思う？」

「国語の授業で『走れメロス』をやった時に、先生が表現技巧の話をいろいろしていたのを思い出したんだ。で、おれは先生がした呼称表現の『勇者』の話が何だかすごく印象に残っていたんで、それを書いた。そしたら勢いが出て、あれよあれよという間に馬追いと虫の描写のことも書けちゃった」

「授業を思い出して、入試問題に勝った。今の感じを忘れるな。文法の知識は、思い出さなかった？」

「おれ、知識なら表現技巧より文法の方があると思うんだけど、思い出さなかったな」

「ま、いい。じゃ、次の一題へ行くぞ」

僕はそう言って、この日二つ目の問題のページを開いて直人の前へ置いた。それは、瓜連高等学院入試問題二次試験の作文問題で、俳句、短歌、詩、小説の文章の四つが並んだ中から一つを選んで読み、作文を書けというものだった。

僕は「直人の好きな作文問題だぞ。楽しんでいこうや」と言って、「今日選ぶのは、小説の文章にしよう」と勧めた。

直人は、じっと問題に目を落とした。

【作文問題】次に掲げるのは、三島由紀夫の小説『雨のなかの噴水』の一節で、ある少年が見た大噴柱の描写である。これを読み、後の問題に答えよ。なお、大噴柱とは、間近に寄って見たがゆえに大きく見えた噴水のことである。

一見、大噴柱は、水の作り成した彫塑のように、きちんと身じまいを正して、静止しているかのようである。しかし目を凝らすと、その柱のなかに、たえず下方から上方へ馳せ昇ってゆく透明な運動の霊が見える。それは一つの棒状の空間を、下から上へ凄い速度で順々に充たしてゆき、一瞬毎に、今欠けたものを補って、たえず同じ充実を保っている。それは結局天の高みで挫折することがわかっているのだが、こんなにたえまのない挫折を支えている力の持続は、すばらしい。

【問題】この描写を読んで考えたことを書きなさい。句読点や記号も字数に含め、八百字以内にまとめること。

問題を読んでいる直人に、作文試験の要領を耳打ちした。

「高等学院の作文問題は、時間が九十分だそうだ。急いで読んで急いで書き始めるってのは、下手なやり方だ。まず文章を読むことに時間をかけろ。時間をかけて、よく読み、書きたいことを見つけ、箇条書きにするんだ。それをせずして、いい作文が書けるわけないんだ。理想としては、三十分から四十分で箇条書きまでやりたいな。その後、残りの試験時間をめいっぱいかけて、八百字を書くんだ」

そう言って、僕は腕時計を見た。一題目の記述問題のために、授業時間の四分の三を使い切っていた。八百字の作文を書くためには残り四分の一の時間じゃ足りないので、今日は授業時間を延長しようと僕は思いかけた。だが、直人の集中力にも限界があるだろうことを考えた僕はやむを得ず、こう提案した。

「今日のところは、書きたいことの箇条書きまでにしよう。作文は、宿題」

ところが、直人の方から「授業時間を延長して、これを書く」と言い出した。彼の、作文をしっかりと書き上げたい気持ちの強さに、僕は心打たれた。そして、授業一回分の時間を延長した末、八百字の作文が書き上がった。僕はそれを手もとに引っぱり寄せて、見入った。

（直人が書いた【作文問題】の作文　八百字）

僕はこの描写を読んで、美術の先生の言葉を思い出した。先生は「絵を描く初めの一歩は、対象をよく見ることだ」と言った。この描写の中で、少年は大噴柱をよく見る。よく見るとは、どうすることか。対象をいろんなふうに見て、いろいろなものを見つけることだと、僕はこの少年に教えられた。彼は大噴柱を、まず「一見」する。これを序の口とし、次に「目を凝らす」のだ。そして目を凝らすと、注目の的を、大噴柱の「柱のなか」へ突入させたり、大噴柱の頂のある「天の高み」へ飛ばしたりする。そうしていろんなふうに見ることで、彼は大噴柱にいろいろなものを見つける。大噴柱の描写は、彼の見つけたものを並べて構成されてゆく。試しに追ってみると、「一見」の段階では、大噴柱の輪郭を見て「水の作り成した彫塑」を見つけた。「目を凝らす」段階では、「柱のなか」の水の動きに目をとめて「たえず下方から上方へ馳せ昇ってゆく透明な運動の霊」を見つけた。注目の的を大噴柱の「柱のなか」へ移動させると、少年は「一つの棒状の空間」を見つけ、そこに噴き上げる水の一瞬毎の欠如と充足を見た。「一見」することで、「目を凝らす」ことで、注目の的を移動させることとで、少年は大噴柱をよく見たのだ。描写は彼の見つけたもので構成され、大噴柱の輪郭と水の動きが印象的に形象化された。一層印象的だと思うのは結びで、頂に達した水の崩落を見た少年が、人のごとく挫折する姿を大噴柱に感じ取る。彼はその「天の高み」の「挫折」を見て「こんなにたえまのない挫折を支えている力の持続は、すばらしい」と思った。僕はこのくだりを読んだ時、自分と大噴柱とが似ていると感じた。模擬試験を受けては挫折をくりかえした日々を努力の持続で支えてきた自分を思い出したからだ。高校生になったら、勉強でも友達付き合いでも、中学時代よりもっと悩むだろう。その時、挫折の日々を支えた努力の持続を思い出して、頑張りたい。

生徒の痛ましいほどのがんばりを目の前にしても、合格する日までは厳しい顔をしていなければならないのがこの仕事なのだろうけれど、僕は彼の肩をぽんぽんと叩き、うんうんと頷き、笑ってほめた。

「噴水の水の『力の持続』につなげて、受験勉強をがんばってきた君の『努力の持続』の話を書いたこの結び、君ならではのとてもいい結びだと思う」

さらに付け加えて、彼が堂々としたしっかりした字を書いたこと、漢字を正しく書いたこと、句読点とかぎ括弧を適切に使えたこと、その他いくつかの良い点を指摘して年内の授業を終了した。

さて、新しい年を迎えた。三日の夜更けのことだった。直人から電話がかかってきた。彼は「実は今、作文問題に取り組んでいるんですけど」と切り出した。何でも、前回の授業の翌日の大晦日に早速、二次試験の作文のための勉強に着手したそうだ。彼は「書いた作文をファックスで先生に送ってもいいですか。それを添削してファックスしてもらえませんか。先日の作文問題のまだ残ってるやつ、俳句と短歌と詩の作文も書いた方がいいと思って」と言う。昨年最後にやったあの授業が、えらく良かったということのようだ。で、苦手に思っていた記述問題の考え方が見えたし、作文問題はいい調子でイケそうだし、二月の入試本番へ向けて今からスパートをかけたいということらしい。

僕は「添削するからファックスして」と応じた。そして、いつぞや彼に「質問したいことがあったら、すぐ電話していいぞ。授業の日まで待っていることはない。深夜に電話したってかまわないぜ」と言ったことを思い出し、「本当に深夜に電話してくるなんて、まいったな」と苦笑いしたけれど、それは言わずに「あの自問自答の紙、読んでるかい」と尋ねた。すると直人が「とっくに全部覚えた」と返事をしたので嬉しかった。

おまけに、彼はその自問自答をしながら三が日を費やして第一志望校の記述問題八年分を「全部もう一度やり直した」と言った。さらに、記述問題に短時間で解答できる力をつける「特訓」を思い立ち、この三が日に姉のみどりさんにそばで時間を計ってもらいながら、記述問題の解答練習をしたと報告した。

六　アップルティーと高速道路

最終回の授業は、一月三十一日、日曜日の夜に行った。

「これで、全部終わったね」

「はい」

「二月のラストスパートのために、毎日、朝昼晩のごはんをしっかり食べること」

「はい」

「それで、これを、返さないとね」

僕はカバンから、あの京紫のふろしき包みを取り出して、直人の前にそっと置いた。

「このサイクリング日記、全部、読ませてもらったぞ」

「全部？　ありがとう」

「おばあさまに、読んであげたかったね」

「先生、あのね」

「何だ」

「おれ、昨日、穂連大学高等学院へサイクリングした」

「そうか。行くのに、時間はどのくらいかかった」

「四十分」

直人は「合格できたら、自転車通学しようと思う」と言った。


授業の後に恒例だったティータイムも、最終回を迎えた。

「ありがとうございました、先生」

お母さんがお茶を運んでくださって、お盆の上のお菓子とアップルティーの香りが部屋いっぱいにあふれた。そして、アンディが走り込んできて、僕の足もとにゴロンと寝転がった。直人の家庭教師をするようになって以来、僕が玄関におじゃますると、アンディも必ず出迎えてくれたのだった。僕が「アンディ」とまめに声をかけていたからなのか、とてもなついてくれて、授業をしている時にもしばしば尻尾をふりふり遊びに来た。直人に「アンディは吠えないね」と言ったら「家の中では吠えないんだ」とのことだったのだが、この日僕が「アンディ、元気でね」と別れの挨拶をしたら「バウルバウン」と吠えた。もしかしたらアンディの言葉で「島根さんも、元気でね」と挨拶してくれたのかもしれない。

お菓子を平らげた直人が、声をちょっぴり低めにして、僕に話しかけた。

「先生」

「ん？」

「先生が中学浪人したってのは、なぜ？」

僕は、ちょっと考えてから、答えた。

「学校での成績がよくなかったからだ」

直人が質問を重ねた。

「先生は、中学時代、勉強できなかったのかい」

「教室で教わることを覚える。そのことが、どうしてなのか僕にはできなかったんだ」

「何でだろうね」

僕は、飲み干したティーカップを置いて、こんなことを話した。

「どんどん勉強しようとしてもできなくて、かたつむりのようにゆっくりとしか勉強が進まない、僕はそういう中学生だったってことだ。仕方のないことだ、これは。ほら、稲の中に、育つのが早いのと遅いのがあると言うだろう。早く実る早稲《わせ》というのがあるかと思えば、晩《おそ》くになって実る晩稲《おくて》というのがあるんだよ。僕は、それに似た人間なんだろう。

大人になってから、車の免許を取るために教習所通いをした時も、運転を覚えるのが他の人より遅かったよ」

僕は、菓子皿に残ったポテトチップをつまんで、ポリッと食べた。

直人は、彼と僕の空いた皿を重ねて盆にのせると、話題を変えて話しかけてきた。今度は声を明るくして。

「先生は大学院出たら、教授かい」

「いや、たぶん元に戻るような気がする」

「元に戻るって？」

「高校出てから大学入るまで新聞配達やってた。それに戻ると思う」

ティータイムを終えて部屋を後にする前に、直人のお姉さんが姿を見せて挨拶してくれた。彼女も広田が紹介した家庭教師について勉強し、志望校に進んだことは前にも書いたが、彼女の通う学校は僕ですらその名を聞いたことのあった名門女子校だと聞いていたので、つい「みどりさんの高校は、文化祭にはどんなことをやるんですか」と尋ねてみたりした。

話が脱線するが、僕の高校時代にその女子校の生徒と交際していると噂が立った同級生がいて、周囲からひどく羨ましがられた。やきもちが原因の騒動が勃発したりもした。でも、結局その噂は誤解に過ぎなかったことが判明し、騒動は急速に収束した。

さて、僕は遠慮したのだけれど、直人のお父さんが車で僕を送ってくださることになった。大きな車で、助手席に座らせていただくと、とてもゆったりとくつろげたことを覚えている。高速道路を爽快に走る車の中で、しばらくお父さんと会話した。僕がパソコンを使って文章を綴るのが好きだと直人に話したことが伝わっていたようで、パソコンについての面白い話を聞かせてくださった。直人のお父さんは大手コンピューター会社にお勤めの方だった。

僕は、会社という世界には縁のなかった人間なので、お父さんとの共通の話題が一つもないような気がした。だけど、ふとアンディのことが思い浮かんで「アンディは大きくて、かわいいですね」と話した。そしたら、お父さんがこんなことをおっしゃった。

「あの犬が家に来てから、息子も娘も明るくなったんです」

休日には、ご家族にアンディも含めて車で出かけて、都心から離れた大きな公園で楽しく過ごすのだそうだ。

「アンディも、車に乗るんですか」

僕は、そんなことをお尋ねした。前に、乗り物が苦手だった馬の話を聞いたことがあって、何でもその馬は、車も列車もとても嫌いだったのだそうだ。そして、あるレースに出場させるために飛行機に乗せて運ぼうとしたら、飛行中の機内で混乱を来して壁に頭をぶつけて死んでしまったのだと言う。そういう馬がいたそうだけれども、アンディは乗り物に乗せても平気なのかなと僕は思ったのだ。お父さんによると、アンディは大丈夫だそうだ。僕は安心した。

車から降りた僕に、お父さんがおみやげをくださった。家で箱を開けたら、美味しそうなワイン！

直人は、受かるかな。第一志望校の穂連大学高等学院に、受かるかな。頼む、受かってくれ……。

七　迷走物語のゴールで僕を待っていたものは

マネージャーの広田がルームナンバーをピッピピッとインプットしてボタンを押すと、壁のインターホンから返事が聞こえ、マンションのドアが開いた。

広田と僕はエレベーターに乗り込み、グングン上昇して、ある階で降りると、長い廊下を歩いていった。歩きながら、広田が言った。

「島根さん、今から顔合わせに伺うお宅なんですけどね、かなり要求が高いですよ」

「要求が、高い」

「はい。お母様の家庭教師に対する要求が非常に高いということです。そして、それに応える仕事ができない家庭教師だと判断すると、すぐ『別の人に替えてください』と言うお宅です」

「クビになった人がいるんですか」

広田は僕の顔を見て笑い、うなずいた。そして話を継いだ。

「お父様が病院長をなさっておられましてね、息子さんを後継ぎにするために医学部に入れたいので、教育に必死なんです」

僕は今日これからその「息子さん」との顔合わせに臨むのだ。その生徒は高校進学が決まったばかりの、今日の時点ではまだ中学三年生の男子。来月新高校一年生になるのだから、まだ大学受験のことは考えなくともよさそうに思えるけれども、そうじゃないのだった。彼が入学するのは進学指導にとても熱を入れている高校で、彼の進学競争はすでに幕が切って落とされていて、医学部をめざす彼は、高二で理系のクラスに進むために一年次の成績で他に負けてはならないという熾烈な競争のさ中にすでに身を置いているのだった。だから四月の入学を待たずに（いやそれどころかこの三月の中学卒業を待たずに）、高校の勉強を始めなくてはならないと親が決め、そうなると、教師は高校に入るまでいないのだから家庭教師を雇おう、ということになったらしい。

で、彼の国語の勉強の話にいくと、理系のクラスに進む前の一年次では文系のクラスに進む生徒とも席を並べるので、現代文は言わずもがな、古典や漢文の勉強も早めにどんどん勉強しておいた方がいいと考え、高校に合格して間もない今から家庭教師について勉強に取りかかろうということのようだった。広田によると、生徒の親は「うちの子は国語が特に苦手なので、ハイレベルなことでもわかりやすく教える家庭教師をつけたい」と話しているのだと言う。

僕は今の話を聞いて思ったことを率直に広田に言った。

「その子は春休みがないみたいですね。何かかわいそう。ま、それはいいとして、クビになった人の穴埋めをする僕は二人目の家庭教師ってわけですか」

「いいえ、何人目かはわからないですね。ちなみに今日のお宅には今、うちの会社の家庭教師だけでも、七人送り込んでいます」

その話を聞いて、僕はびっくりを通り越して愕然とした。

「え⁉『うちの会社の家庭教師だけでも七人』って、その生徒には、さらにもっと他の会社の家庭教師もついているんですか」

「そうです」

「はー」

一人の生徒にそんなに大勢の家庭教師がつく話は聞いたことがなかったので、僕は驚いてしまった。驚いたと言えば、この日訪れたマンションの大きさにも驚いた。

「このマンションは大きくて、えらくゴージャスですね。一戸いくらくらいなんでしょうね。ご主人が病院長で裕福だから、こういうマンションに住めるんでしょうね」

「じゃなくて、このマンションは全部、これからお邪魔するお宅の、お母様の所有なんです」

ポッチャリとふくよかで、とてもお洒落なお母さんだった。そのお母さんが広田から手渡された僕の履歴書を見た途端、血の気が引いたようだった。見る見る顔が青ざめるのが僕の目に見て取れた。

僕の経歴を見たり聞いたりした人の顔色が変わる景色を過去何度も見てきたけれども、その度に悲しみを覚える。僕の履歴書にじっと見入ってくださるその律義さがアダとなり、顔が真っ白になってしまったその人のことはもう知らないことにして、僕はふわふわのクッションが置かれたソファに座り、お茶を一口いただいた。そして「別の人に替えてください」と言われるのだろうなと思って、帰る前の挨拶を考えた。そしたら広田が僕の紹介を始めて、場の空気が一変したのだった。

「島根霞先生は、家庭教師歴こそまだ短いですけれども、一生懸命教える人です。国語が苦手であったがゆえに第一志望校の合格率が三十パーセントを下回って困っていた生徒の家庭教師を務め、一冬の指導で彼を第一志望校の穂連大学高等学院に合格させました」

広田が今話したのは、言うまでもなく直人のことだ。直人は現実に穂連大学高等学院に合格した。僕一人の力で合格させたわけではないけれども、彼の合格に僕が一役買ったことは確かだ。国語の授業をしたのだから。それにまた、広田の会社が家庭教師を派遣した家庭に行う、指導した家庭教師についてのアンケート調査というのがあって、それに直人が僕についてのかなりいい評価を書いてくれたそうなのだ。だから僕は新しい仕事をもらえることになり、このお宅を訪れたのだった。僕の大学院入学に必要だった入学金と前期授業料を二月二十一日に無事納入できたことも記しておきたい。

広田の話を聞いて元の顔色を取りもどした母親に呼ばれて、息子が姿を現した。僕の新しい生徒になるのは、長身で肩幅の広い、ふっくらつやつやのほっぺたをした好男子だった。ただ、せっかくの男前なのに、ひどく暗い表情をしていた。

「ごあいさつなさい」

母親にそう促されて、

「椎木立人《しいきたつと》です」

と答えて一礼すると、立人はソファに座った。そしてその後は、腕組みをして視線をテーブルに落とし、それっきり無言を決め込み、母親と客の会話に耳だけ貸しているという風だった。

お母さんが息子の話を始めた。

「立人は、一人では勉強しない子なんです」

僕は「立人君の国語のノートを見せてもらえますか」と言って、見せてもらった。最初のページに文法の品詞分類表がとても丁寧に書き写してあるのを見つけた。これは褒めとかなきゃと思って褒めた。そしたら、お母さんが強く首を振ってこんなことを言ったのだった。

「彼は、一週間かけてそれだけをやったんです。他のすべてを投げうって、一週間かけてそれだけをやったからやっとそれだけできたのです」

生徒のいい所を見つけて褒めたのに、その気持ちを丸めてポイされたように感じて黙り込んだ僕に、お母さんが声を大きくして注文した。

「宿題は出さないでください。宿題が出ても、彼はできません。家庭教師の先生に来ていただいて、勉強を見ていただいている、その間だけが彼の勉強時間なんです」

と、ここで突然、それまでソファに腰を沈めて無言を守っていた立人が、組んでいた両腕をばっとほどいて勢いよく立ち上がり、母親に異議を唱えた。

「オレだってやってるよ！　もう！」

その息子を母親はすかさず一喝した。

「何、あなた、態度悪いわよっ」

すると、息子はあえなくソファに腰を落とし、再び黙り込んでしまった。僕と広田は、さらに母親の話を聞いた。

「家庭教師の授業時間内で教え、教えたことをすべて家庭教師の授業時間内で覚え込ませるようにしてください。家でする勉強の方法を自分で工夫せよとか、ノートの書き方を自分で工夫せよとか、そういうことをいろいろ言われても、彼にはできません」

母親の話が延々と続くばかりなので退屈したのだろうか。僕の生徒になる新高校一年生の椎木立人は、やおらバッティングポーズを取るやバットスイングのモーションを二度、三度、四度、五度とくりかえした。それから一転、両手の人差し指をピンと立て、それでテーブルの端を小刻みに叩き、ドラムのリズムを奏でた。かくして、息子の奏でるドラムのリズムを伴奏にして、母親の長い話がさらに続いたのであった。

その長い話を少し縮めて記すと、以下のようになる。

先週、立人が入学する高校が新一年生の保護者を集めてガイダンスを開いた。お母さんが出かけていくと、主要教科の教科書が配付された。それと併せて、入学式直後に行う学力テストの出題範囲の一覧表が渡された。その一覧表を見たお母さんの心に不安が広がった。どの教科もたくさん課題を出していた。中でも、国語の課題が大変そうにお母さんには見えた。課題は盛りだくさんで、たとえば、古文の学習の基礎になる歴史的仮名遣いの勉強をしっかりやっておくようにとか、古典文法と口語文法それぞれの用言の活用の種類及び活用形を入学前に勉強して完璧に頭に入れておくようにとか、書いてあった。そうした課題の山に目を通すうちにどんどんふくらむ不安にお母さんはとうとう耐えられなくなり、国語の家庭教師を増員することにして、広田に依頼した。そうして僕に白羽の矢が立った——ということらしい。

お母さんは、言った。

「島根先生のご随意で、授業時間をオーバーしてくださってけっこうです。一人では勉強しない彼のそばについていて厳しく、みっちり国語を仕込んでください」

「立人の高校は、赤点を取って二年に進級できずに退学する生徒が、毎年二十人だか三十人だか出る学校らしいんです」

「立人が赤点を取ってしまうような気がして心配でなりません。厳しく教えてください」

僕はこの仕事を引き受けた。そして、すぐに授業をスタートさせることにして急ピッチで授業のプランを練った。

まずは入学直後に行われる「学力テスト」に照準を当てた授業プランを立て、三月中に授業を重ねた。立人が中学を卒業して春休みに入ると、「学力テスト」対策のプリント問題を作成して連日それを用いて授業をした。

新年度に入ると、高校生になった立人のために、授業の予習と復習になる授業をし、中間試験と期末試験でいい点を取らせるための（赤点を取らせないための）授業をし、その他いいと思う授業を片っ端からやった。

その一方で僕は、大学院の後期の授業料を稼ぐために、仕事の依頼を積極的に受け、立人に加えてさらに二人の生徒の家庭教師を引き受けた。立人の家庭教師は彼が二年生に進級するまでの一年間の仕事だったけれども、授業はかなりの数をこなした。

時間を戻して、立人と初めての顔合わせをした日の帰り道でのエピソードを記しておきたい。広田が笑って僕に話しかけたのだった。

「島根さん、ネクタイ一本しか持ってないんですか」

「あれ、わかっちゃいました？」

「直人君がね、島根先生はネクタイがずっと同じだったと、アンケートにそう書いてましたよ」

「たはは」

「その後にね、『でも、僕が合格できたのは、島根先生のおかげです』と書いてました」

「それは、嬉しいです」

「直人君、いろいろ書き込んでましたよ。『島根先生と国語の勉強ができて、楽しかった』とか、その他いろいろ」

◆

あの頃が、僕の人生の絶頂の時だったのかもしれないと思う時がある。

僕は、家庭教師の仕事をその後もしばらくの間続けることができたので、一九九九年四月から二〇〇三年三月までの四年間をかけて修士課程を修了した。そして博士後期課程に進み、奨学金をもらい、学内アルバイトのティーチング・アシスタントや試験監督を務めて生活費を稼ぎながら研究を続けたが、学会発表は学内での二回を含む四回のみ、論文発表は学内の紀要に載った一編のみで終わった。

僕は、二〇〇九年三月二十五日の卒業式の前に、父と母を連れて大学を訪れ、三人で記念写真を撮った。そして、大学を去ると、新聞配達員に戻った。その時、四十九歳だった。

五十歳を過ぎた頃、仕事が休みの時に図書館を訪れて本に親しんだり、ブログに思い出話を投稿したりするようになった。読み書きの楽しみを失わないでいるおかげで、一人暮らしだけれど、寂しさを感じることは少なかった。

五十代半ばの頃、父と母の病院通いに付き添い、送り迎えのための車の運転をしたり、帰りのレストランで食事を共にしたりする機会が増えた。図書館通いの時間は減ったが、両親と過ごせる時間を大切にし、楽しんだのだから悔いはない。

還暦を目前にした頃、両膝を故障し、休職を余儀なくされ、それからしばらくの間は、貯金の切り崩しで生活した。老いるにつれ、若い頃とくらべると、ずいぶん痩せた。そして髪の毛を失い、歯も失ったが、読む楽しみと書く楽しみだけは今も失わずにいる私は、六十代の半ばに来た今も、自分にやれることがまだ残っていると信じている。だから、自分なりの生き方を模索しながら、元気に生きていこうと思う。

あとがきに代えて、私の思い出落穂拾いの話

私は二〇〇九年三月に、四十九歳で大学院を出ました。学生時代に志した教職にも研究職にも就くことができなかった私は、高校を出た時と同じ、新聞配達をしながらの一人暮らしの生活を始めたのでした。求人広告を見て就職を試みた時がありましたが、この本に書きましたように、塾や予備校に勤めても牛丼屋でアルバイトをしても、仕事を覚えることができなかった私ですので、定職に就くことが叶わぬまま歳月が流れました。

若さは失われてゆきましたが、読み書きの楽しさを追いかけたいという若い頃の思いは失われることなく、ずっと残りました。

ある日の朝のことでした。私は自分の暮らす街を一回りして新聞配達を終えた朝、自分の部屋に籠って思い出を一つ文章に綴り、ブログに投稿しました。その文章というのは、遠い昔、小学校の同級生仲間で缶けりをした思い出話でした。その一部を見ていただけますでしょうか。

オニになったのはシンイチだった。彼が缶のそばにしゃがんで目をつぶり、数をかぞえ始めると、ぼくと仲間は遊び場のあちこちに散って身をかくした。数をかぞえ終えたシンイチが、缶を離れ、ぼくらのことを探し始めた。ぼくらは見つからないようにと、塀の陰に、植え込みにと、身をかくす場所を移動した。オニの隙をついて、缶に駆け寄り、コーンと蹴とばしたいわけだ。オニのシンイチはシンイチで、ぼくらを見つけ、名前をコールし、缶の頭をちょこんと踏みたいわけだ。

さて、ぼくはニシノと一緒に塀の陰にかくれていた。彼とぼくは一緒にリレーの選手になったことがある。ふたりで壁と塀の隙間からオニの動向をさぐり、自慢の足をいかして缶をめざして猛ダッシュをかけるチャンスをねらっていた。

と、ぼくにいい作戦がひらめいた。

「おいニシノ、これ着て」

ぼくはブレザーを脱いで、ニシノに押しつけた。

「なるへそ!」

ニシノはぼくの作戦をすぐに合点し、ブレザーを受け取り、袖にさっと腕をとおした。

「これもこれも」

ぼくはかぶっていた野球帽を取って、ニシノの頭にのっけた。

かくして、ブレザーと野球帽でぼくになりすましたニシノがひょいと身を乗り出して、壁と塀の隙間に立った。顔を見られないように、背中の方をシンイチに見せて。

「島根クーン」

シンイチが、勝ち誇るがゆえにこみ上げる笑いを抑えるのに必死だという声で、ぼくの名前を引きのばしてコールするのが、塀の陰にかくれているぼくの耳に聞こえた。

ニシノがくるりと正面をシンイチに向け、笑って言った。

「ハハハ、シンイチの人まちがーい」

「アッ、だまされた！」

シンイチがまんまと罠に落ちてくれたので、ぼくとニシノはその日一日愉快だった。


これは、私の小学四年生の時の思い出話です。こうした文章を綴り、私はさらに一つ、二つ、三つと、ブログに投稿しました。思い出を文章にする時に、遊び心を込めると、楽しいと感じました。

そして、ある年の冬のことでした。新聞の購読契約を取るために外回りをした日に、あるお宅の旦那さんが私のことを文芸同好会に誘ってくれたのでした。私は「面白そうだな」と思って、参加してみたのです。その頃書いた小説を携えて。

それは、学生時代に参加したスキーキャンプの思い出を基に創作した小説で、雪焼けした青少年らが雪どけのせせらぎが流れる森に登場して、なんと缶けりをするのです。竹村というスキー青年がオニになり、その竹林にスキーを教わっている中学生の美緒と、彼女の班に付いた大学生リーダーの友里が木の陰に隠れて缶を蹴るチャンスをうかがうのでした。先輩の小木リーダーがオニにつかまってしまったのがくやしい美緒と友里は、なんとかして缶を蹴りたい……。

この作品を私は、友里が「私」として語る一人称の小説に仕立てたのでした。次は、その一場面です。

竹村さんの様子を草陰から偵察した美緒が、白い息を吐きながら私に伝えた。

「小木さんて人、リーダーなのに最初につかまるなんてだめじゃないの。みんなつかまって生き残りはあたしと友里ねえさんだけ。一か八か、突撃する?」

美緒に肩を並べて竹村さんをじっと見やった私は、首を振った。

「突撃よりもね、美緒、ちょっと耳をかして」

私の思いつきを耳打ちすると、美緒は声を押しころして笑い、空色のスキー帽とピンクのジャケットを脱いで私に渡した。

「ハイ、そこの君。帽子と背中が丸見えだよ。美緒、見っけ」

竹村さんの勝ち誇ったような声を聞いて、くるりと彼の正面を向いた私が、

「おあいにくさまー。美緒じゃなくって、私でした。竹村リーダー、人まちがい！」

そう言った時の彼の驚きようといったら見ものだった。かんじきを履いた右足を缶にのせた格好のまま頭を抱えるようなポーズを取って、「アッ、だまされた！」と叫んだ。

美緒の帽子とウエアを身につけた私が、背中をわざと彼によく見えるようにして二本の木の間に立ってみせたのだった。してやったりという気持ちで笑いながら歩み寄った私が、竹村さんの足もとから缶を拾い上げて遠くへ放ると、オニにつかまり、捕虜になっていた子供たちは歓声を上げながら雪の林に散っていった。

竹村さんは「そんなのありかよ」とつぶやいてから目をつぶり、また百を数え始めた。

私は先ほど、この小説を「学生時代に参加したスキーキャンプの思い出を基に創作し

た小説」と書きましたが、それと同時に心の奥底で、先にご覧に入れた小学生時代の缶けりの思い出をいとおしみながら創作したのだと言えます。小学生の私とニシノを、中学生の美緒と大学生の友里にして。ブレザーと野球帽を、ジャケットとスキー帽にして。缶けりのオニを、同級生のシンイチからスキー青年の竹村にして。

こうした、思い出を材料にして小説を書くことが私の楽しみとなり、その後今日まで続いています。思い出というものは、自らが生きた時間の落穂みたいなものだなと、ある時思ったことがありました。私はそういう落穂を拾い集めて文章の材料にするのが楽しいです。たとえうまく書けなくともいいじゃないかと思うのです。思い出の落穂を拾い集めて材料にして文章を書く楽しみは、私の生き甲斐になりました。

ある日、街で父とバッタリ会ったことも、私の思い出の落穂です。

「元気か。今、何してるんだ」

もう何年も会うことのなかった私のことを、父は優しい面持ちで気にかけてくれました。私はちょうどその頃、右膝を痛めて新聞配達の仕事に支障を来すなどのことがあり、久しぶりに会った父に「元気だよ」の一言すら言えず、もにゃもにゃと曖昧な返事をしたのでしたけれども、私とすれ違いざまに「本でも書いたらどうだ」と声をかけてくれた父のことを、その後時々思い出しました。長く体育実技の教員を務めた頑健な父も停年退職した後、歳月が流れるにつれて年老い、二〇一六年の春に、入浴介助を必要とするようになりました。そして、同じ春に母がガンの再発を告げられ、手術を受けるために入院したのでした。

ブログに書きためた文章の中に、母との思い出を綴ったものがありました。私は病院に母を見舞うと、それをスマホに表示して朗読して聞かせました。母は、時々楽しそうに笑い声を上げながら、私の朗読を聞いてくれました。二〇一八年十一月に父が永眠すると、母は介護の苦労から解放されましたけれども、ガンが進行しました。

二〇二一年一月の、私の六十一歳の誕生日のことです。母と私とで、こんなやりとりをしました。

「お誕生日のプレゼント、何がいい？」

「おれも、この歳だし、そういうのはもういいよ」

「それじゃ、本を自費出版する費用ね」

母は、入院していた病室で私が朗読して聞かせた文章が心に残り、そうした文章が本になるといいなと思ってくれたのかもしれません。けれども、その年の十月に永眠しました。

本の自費出版を企てた私は、大学院生時代に書いて仲間に見せた入学試験回想記と家庭教師日記を基にして書いた小説『大学院入試回想記』と『学費稼ぎ家庭教師迷走物語』の二編を携え、文芸社の出版相談会を訪れました。二〇二三年秋のことでした。

「この小説を本にして、お母さんに見せてあげたかったですね」

原稿に目を通してくれた相談員の言葉が心に残り、私は出版実現へ向けて頑張ることを決意しました。間もなくして、細かなところまで目を通した校正原稿が送られてきたので、それを基に加筆修正を進める一方、私は、ペンネーム考案に取り組みました。

私の考案したペンネームは、自分にいつも身近な四つの文字を並べた「米文睦穂」です。毎日食べる米。毎日綴る文。その二つを合わせた「米文」が姓。読みは「こめゆき」です。そして、私の生まれた一月の睦月の睦。好きだった出身大学の名称にゆかりのある稲穂の穂。その二つを合わせた「睦穂」が名。読みは、和睦の「ぼく」と画家の平福穂庵の「すい」を合わせた「ぼくすい」です。

なお、この本に収録した二つの小説は、作者である私の大学院合格および家庭教師をした生徒の志望校合格という実体験をアウトラインに据えて創作したフィクションです。従いまして、作品中に出てくる学校、会社はすべて架空のものです。入試問題も創作です。

ただ、『馬追いと噴水』の章で、入試問題の中に登場する馬追いと噴水の描写は、本文中に明記しました通り、佐藤春夫と三島由紀夫の小説の中にあるものです。私はそれらの描写と、学生時代の読書の中で出合いました。そしてそれは私の記憶に強く残ったものでしたので、文章の勉強をする授業のレポートに、表現分析の材料として取り上げたことがありました。読むことと書くことが三度の飯より好きだった若き日の、そうしたささやかな考察の名残を、今回自費出版する小説の中に生かすことができて、とても良い思い出になりました。

二〇二四年十月

米文　睦穂